青いノート・少年

吉屋信子

文遊社

目次

青いノート　5
少年　103
母の手記
その一　105
その二　112
その三　117
その四　124
桂子の手記
まえがき　131
その一　133
その二　136
桂子のノート
まえがき　143

父の出現　145
ノートに　155
煩悶　156
伯母さん　159
おでん風景　168
かくて、そこに　175
嘘　182
祭りの日　194
夏休み近し　208
母の帰省　212
預金帳　222
修学旅行　226
東京　235
大船　238
小さい外套　245
母へ　249
解説　感傷と教養　吉屋信子の少女小説の終わり　千野帽子　255

青いノート

はしがき

このごろのノートはほんとにそまつな悲しいものだ、表紙もそまつだし、たまに表紙だけは昔の大学ノートのようなものがついていても、中味は小学校の雑記帳のような紙で、鉛筆に力を入れると穴があくし、ペン先がひっかかるし、その上インキがにじんでしまう。インキもうすくなってわるいのかも知れない。

それに比べて、前のころのノートにはずいぶん美しいのがあった。幸いわたしはそれを一冊だけ持っている。それは、青いクロース（布ばり）の表紙、中の紙はとてもつるつるした光るような厚い紙で、青いほそい罫がひいてある。字を書くのがもったいないような感じだ。それればかりか、その紙を綴じた三方に金箔がついているのだ。いまごろはどこを探しても売っていないような豪華なノートだ。

これは、若い軍医で戦死なすったお兄さまが買って、まだ一字もなにもお書きにならないまま机の抽出へいれてお置きになったもの。

あの不幸な戦争ちゅう、おとうさまは役人をしていらしったので、東京をはなれることができず、わたしの家は東京にふみとどまっていたが、その家もいつ焼けるか分からないので、お庭のすみの待避壕の中に、すこしだいじな物を入れておいた。そのなかに、出征中のお兄さまのお机もおかあさまが入れてお置きになった。

お机はなにも特別りっぱなものでもなく、べつに金で作ってあるわけでもなかったけれど、おかあさまがそれをお入れになったのは、きっと、博士論文のために大学の医学教室にのこっていらしったお兄さまが、戦争のために出ていらしった留守ちゅうお兄さまの朝夕使っていらしった勉強机を、もし焼いてしまったらとそれを心配なすったからだと思う。

だが家も焼けずにのこり、そのお机も焼けず、平和になってから湿っぽい壕の中から持ち出されて、お二階のお兄さまの書斎にまた置かれたけれども、そのお机の主のお兄さまはふたたびお帰りになる日はないのだ。でも書棚もお机もそのままに、お兄さまのいらしったときのようになっている。

お机のうえには、お兄さまが研究室で顕微鏡をまえにしていらっしゃる写真が額にはいってのせてある。その書斎のおそうじは、おかあさまかわたしがすることになっている。いつかわたしは、そのお机の抽出を開けてみようとしたら、長いあいだ壕のなかで湿気のなかに置かれてあったので、すっかり抽出のぐあいがきつくなって、二つの抽出のどちらもなかなか開かなかった。それでそのままにしておいた。

このあいだ、その抽出をあけようとしたら、ある月日のあいだに湿気がすっかり乾いたとみえて、こんどはすらすらと開いた。右のほうの抽出には、手紙の束がきちんと整理して入れてあった。わたしはその手紙のいちばん上の封筒の筆跡を見ただけで、そのお兄さまへの手紙を、だれが書いたかすぐわかった。

それはきれいなやさしいペンの字だった。その手紙の送り主は、もしお兄さまが戦死なさらなかったならば、わたしのお姉さまになり、お兄さまの奥さまになるはずだった由紀子さんのものだった。

その一束は相当の数だった。みな由紀子さんからのものだけだった。それぞれの封筒のなかにはどんなことが書いてあったのか——わたしは知らない、またお兄さまいがい、だれも見る資格はない。だからわたしは、そのなかを読みたいなどと思う好奇心をけっして起こすまいと思った。

でもその抽出のなかの手紙の一束をしみじみとながめると、過ぎたそのかみの思い出の押花がまだほのかな匂いをこめているように……ものがなしくなるのだった。

わたしはあわててその抽出をぴしりと閉めた。そして、こんどは左のほうの抽出をあけた。なかには、青いクロースの表紙のノートが一冊ぽつんとはいっていただけだった。

それは手紙でないから、わたしはあけてみた。一字もまだ字の記してない、新しいノートだった。お兄さまは何を書こうとなすったのであろうか——それはわからない。わたしはお兄さまの抽出のなかから発見したそのノートが欲しくなった。いまごろのように本もノートもそまつなものになった時代、そのノートは世にも美しいものに思われたからである。わたしはそのノートを抱えて急いで二階を降りて、おかあさまのところへ行った。

「このノート、お兄さまのお机の抽出にあったのよ、百合子いただいて使っていいかしら」

とノートをおめにかけると、おかあさまは受けとって、じっと見いって、

「まあ直樹（お兄さまの名）の形見ですね……」

さびしげにおっしゃって、

「百合さん、だいじにお使いなさい」

お許しが出たので、その日からわたしは、お兄さまの形見のノートを、じぶんの勉強机の上においた。

でもこの何も書いてない青いノートは、お兄さまの形見としてそんなに尊いものの中にはいっていない、お兄さまの形見としては、もっと貴重なものがある。

それは、博士論文の研究ノート数冊である。お兄さまが戦地へお出になるまえに、お兄さまの指導者の教授の手もとに保管をお願いしていらしったのだった。お兄さまのいよいよ戦死がわかったときに、おとうさまは「直樹のせっかくやりかけた研究をどなたかつづけてやってくださるなら、そのノートを参考に使っていただければ直樹も本望でしょう」とおっしゃったという。

その時から、わたしは自分ひとりでひそかに決心した。わたしは女学校をでてから医学の専門の教育を受けて、大学が男女共学の門戸をひらいたのだから大学の医科の入学試験もかならず突破してはいり、教授の手許に保管されているお兄さまの研究ノートを受けとって、お兄さまの研究をつづけて博士論文を書きたい。

それはただ博士になるという名誉心だけでなく、お兄さまのやっていらしった『癌』のある

研究によって、その病気で死ぬ人たちの命を取りとめることができたら、どんなに人類のためにつくせることだろう。

そんな大それた願いは、まだ少女期にあるわたしにとって、夢物語に過ぎないかも知れない。でも人生に美しい夢を持つことこそ人間の生きる力なのだ——と外国のなんとかいう偉い学者が言っているといつかお兄さまが聞かせてくだすったことがある。その時とてもわたしは感心してきいていた。だがあいにく、その外国の人の名をわすれてしまったのは残念だ。こんなふうでは、とても博士論文はおぼつかないかも知れないと悲観したくなるけれど、いまにきっと、その人の名もなにかの御本からさがしてみよう。

ともあれ、わたしはおおきい希望を持とう、日本もわたしたちも、すべてはこれからなのだもの！

それにつけても差しあたり、お兄さまの形見のノートにわたしは、これから、成長してゆく、じぶんの心の足あとを一歩々々書き記しておきたい。

それはどんなに幼稚な感想であろうとも、わたしの心の写真なのだから。

どうかお兄さまの形見の青いノートに記すに足るわたしの充実した日々を味わってゆきたい。

このノートに記した文字は、天国の（お兄さまは心のやさしい純な方だったから、神さまが天国へ呼んでくだすったと信ずる）お兄さまが大空の夜ごとの月や星の光りをとおして読んでくださると思う……。

第一章

冬ばれの朝だった。わたしたちは今日からお正月あとの新学期開始の日——霜柱のくずれた校庭に寒すずめが来てあそんでいた。

裁縫室の窓のまえに、みんなが中を覗きこむようにしていた。わたしはまたたれかが脳貧血を起こしたのかと思った。いつかそんなさわぎがあったからだった。クラスの人がわたしにおしえてくれた。

「ミシンをみんなお休みのうちに盗まれてしまったのよ」

「これからミシンのお稽古どうするんでしょう。洋裁がだめになっちゃったわ」

「ひどいわねえ、学校のミシンを幾だいもそっくり盗んでゆくなんて、なんてドロボウでしょう。にくらしいわ」

みんなそんなことを口々に言ってドロボウをうらんでいた。

「うちの弟の小学校の窓のガラスはみな盗まれてしまったんですって、それで弟は風邪ばかりひいているのよ」

そう言った人もいる。

そのドロボウだって小学校へは行ったことがあるだろうに、そして、そのときの小学校の窓にはガラスがはいっていただろうに。

日本人は戦争のあいだに心をみな失ってしまったのだろうか……考えるとかなしい。

教室へはいってから、先生がおっしゃった。

「ミシンは学校がお休みのあいだに、まいにち続けてドロボウがはいって運んで行ったらしいのです。あの十台もあったミシンは、やがてほうぼうへ売られてゆくでしょう。もしうっかり、それをお買いになったら気をつけて調べて、もしそれが学校のだったら皆さまの愛校心によって、それをすぐ学校へとどけてください。あのミシンの台の裏には、学校の名の焼印がいくつも押してありますから、すぐわかります」

でも——ドロボウはもともと狡い人間だから、その烙印のあとを鉋かなにかでうまく削りとるかも知れないと、わたしは思った。それにわたしの家ではシンガーミシンが一台あるから、もう買うはずはないし、せっかくの愛校心を発揮する機会はないわけだ。先生はまたこうもおっしゃった。

「あのミシンの足踏の五台は、以前の卒業生が卒業記念に母校に寄贈したものです。その卒業生の人たちにもお気のどくなわけですね」と。

黒川先生はこの学校の主のように古い先生だから、よけいそういうことをお考えになるのだろう。

放課後、校庭でAさんが言った。

「昔の卒業生は五台も足踏ミシンを寄贈したなんて——そのころ、ずいぶんミシンはやすかったんでしょうね、今はとてもたいへんよ、一万円以上ですってよ」

Ａさんはクラス中での経済学者である。インフレ値段や闇の値段もよくごぞんじである。

これはまたクラス切っての批評家のＢさんが言う。

「休暇中だって、宿直の先生は泊まっていらしったんでしょう、だのに……不注意だわ、宿直というのは、宿直室でおふとん敷いてぐうぐう寝ているだけじゃ仕様がないわねえ」

みんなおかしがって笑った――。先生をかく批評する自由も民主主義のせいであろうか。わたしのクラスはＡさんもＢさんもみなかくのごとく雄弁家である。

この雄弁家ぞろいのクラスのうちで、いちばん無口で、ものをほとんど必要いがいしゃべらない人がひとりいる。それは朝妻千穂その人だった。

彼女は無口でそして孤独の人である。千穂（わたしは彼女をこのノートに呼びつけでこう書こう、それはわたしが威張っているのではない。わたしは彼女に好意と親愛感をなぜかひそかに抱いていているからである）は引揚邦人のひとりで――北京に住んでいたのだという。引きあげてきても、すぐには学校にはいらず（きっと引きあげてきたとうざは、たいへんで学校どころではなかったのかも知れない）彼女がわたしのクラスに姿をあらわしたのは去年の秋からだった。彼女はわたしの主観に従えば、かなりの美少女である。お兄さまの許嫁だった由紀子さんも美人のほうだけれども、千穂が大きくなったら由紀子さん以上かも知れないと思う。でも何という冷たい美しさだろう、千穂は物いわぬ白い花のようで、ふるれば冷たい大理石の美しい彫刻のような美貌の持主である。クラスのなかには、もうひとり南京から引きあげたCさんがいる。彼女はこれまた相当の雄弁家で、転校してくるなりクラス中のたれかれの区別なく、交際をはでに開始して、南京時代の話やら、引きあげの旅の苦心談やら、よく語りかつ弁じて、みんなに珍しがられて、一時人気者になったけれども、日が経つにしたがって、彼女の話の光彩もうすれて、ただの平凡なる一生徒になってしまった。

それにくらべると千穂は、無口で孤独を守っているから、非凡なのか平凡なのか――善良なのか不良なのか――正直なのか不正直者か――なんだかさっぱり見当はつかない、ただこれだけははっきりしている。それは彼女が、すこしもおっちょこちょいでないということと、ふしぎなほどの冷たさを持っているということである。この一見無口で孤独でうつくしい、そして冷たい感じの彼女のその胸の奥底には、そもいかなる思いが秘められているのであろうか。

まだその本体を見知らぬ彼女に、わたしは一種の神秘感をおぼえずにはいられない。それゆえにこそ、彼女はわたしにもっとも魅力を持つ同級生である。わたしはこれから千穂を研究しよう。

第二章

きょうは日曜日。

以前おとうさまはお役目がお忙しいころは、日曜日もめったにお家にいらっしゃることはなかったけれど、いまは公職追放者で日曜日も月曜日もない。まいにちお家で謡をうたっていらっしゃる。そのうち、謡曲指南の看板をかけようかと言って笑っていらっしゃる。そういうおとうさまは、なんだかお寂しそうで、かわいそうでならない。おとうさまだって、けっして戦争がお好きではなかったし、ごじぶんが政治家だっただけに、いつの頃からか、日本で軍人が政治に出しゃばってきたことをとてもいやがっていらしったのだという。

でも仕方がない、重いお役目を持っていたひとびとは戦争の責任に問われなければ国民に申しわけがない……。

庭の薄紅梅が、いつも早く咲くのだが今年も、まわりの紅梅や白梅にさきがけて、蕾がいちばん大きくふくらんだ。この家をお建てになったおじいさまが、梅の花がお好きで、十何本もお庭にお植えになったのだという。今はかなりの老木にそだって、幹には緑青色の樹苔がついている。お蔵のなかにしまってあった光琳の絵にそっくりである。

でもその屛風もお蔵のなかにはない。ご先祖代々からのわたしの家での宝物だったそうだけれど、おとうさまが公職追放になってから間もなく、あの屛風は売られてしまった。きっとその後わたしの家は、びょうぶを売ったお金で暮らしていたのかも知れない。考えれば、大昔の尾形光琳という画家は何百年も後の戦争ぎせいの公職追放者の家族を暮らさせてくださるのだ。

でもあの屛風がなくなったことは、どんなにわたしも悲しいか知れない。五つ六つ物ごころついてから覚えているあの絵びょうぶ、いつもお正月にはごじまんでお座敷にひろげてかざられたあの屏風、金泥がすっかり寂びてしっとりと落ちついた地に、右とひだりから紅梅白梅の枝さしかわして、あおあおと樹苔のついた幹も目にせまって、ほのぼのと花の匂いが屏風のなかから匂ってくるようだった。

だのにあの屏風は、もう永遠にわたしの家にはない。ただ百合子の目の底にいつまでも忘れ得ぬ花のおもかげとしてのこるだけである。

こんな感傷にふけることはやめよう。世のなかが変り、じぶんたちの境遇がかわってゆくことは、たしかに一種の進歩なのだから、その変化をよい意味に役立てて、じぶんの心を成長させてゆかなければならない。

びょうぶはなくなってしまったけれど、庭にはほんとうに生きた梅の花、その庭に出てわたしは歩いていた。おとうさまも庭をあるいていらしった。おかあさまはお座敷のなかで、なにかことこと道具箱を出して片づけていらしった。またなにかお売りになるのだろうか、おかあさまのお心はどんなだろう。そう思って薄紅梅の花を見あげていると、いつのまにか、おとうさまが傍に寄っていらしって、

「百合子、この庭の梅も、今年で見おさめかも知れないからよく見ておおき」

とおっしゃった。わたしはどきんとした。

「お引越しますの?」

「うん、なにしろわれわれはこんな大きな邸に住む要もあるまいから」

「え、ちいさい家、百合子とても好き」

わたしはこう言っておとうさまを慰めたつもりだった。

きっと、この家をおとうさまはお売りになるのだ、でもそのはずだ、前には書生や女中たち、人の出入もたくさんあって、いくつものお部屋がひつようだったけれども、いまは女中もきみや一人である。きみやはわたしの生まれない前から家に奉公していて、もうどこへも行くつもりはない、お給金はいらないから、いつまでもお邸にいたいと言うので、ずっといままで家にのこっているのだった。

おとうさまはと見ると、うしろに手をまわして、なにか小謡を口ずさみながら、梅の木のあいだを歩いていらっしゃる。わたしは早く薄紅梅の一枝をお兄さまの形見のお机のうえに生けてあげたいと思う……。

それにしても、どんな家にこれから越すのだろう。いえそんなことは考えない、どんなお家でもかまわない、百合子は、強く生きて力いっぱい未来に希望をかけて成長するだけだ。

大きな邸に生まれたり、おじいさまやおとうさまがお役人だったということは、みなぐうぜんの運命で、百合子の努力でなにひとつ獲得したものではない、そんな偶然が、また時として変ってゆく運命は、また当然のこと、むしろ百合子はいきいきとして、おとうさまやおかあさまにとって、光琳の絵びょうぶや、広い庭にもかえがたい子宝にならなければならないもの、お兄さまが亡くなったあと、それを思わずにはいられない。きょうは、ばかにこの青いノートに感心なことばかり書いてしまった。

家といえば、あの千穂は引揚邦人、どんな家に住んでいるのだろう、そしてどんな家庭だろう、知りたい。そして友だちになれたらなりたい。また千穂のことをうっかり書いてしまった。

きょうはカレンダーは赤い字の日曜日、彼女を学校で見ない日だ、なんだかさびしい。

第三章

こぼれ梅ということばは、ずいぶん古風な感じだけれど、でもそのことばは、いまも生きている美しい言葉だった。なぜなら、まのあたり庭に点々と薄紅梅のこぼれ梅を、わたしはこの眼で見たから。

こぼれ梅というのは葩《はなびら》がばらばらに散るのでなく、完全な五弁の葩をつけたまま、そっくり蔓《とう》ごと地に落ちるそれだった。ちょうど落椿《おちつばき》のように……。

落椿は大きい紅い花が、ぽっくりと落ちるのだけれど、こぼれ梅は――『こぼれ』という文字がふさわしいほど、ほんとうに小さい玉のころがったように、かれんな風雅なものである。

虫干のときに見おぼえているおばあさまの昔の打掛の模様に、このこぼれ梅の、美しい刺繍がしてあったのを思い出す。

毎年いつもこのこぼれ梅を見ながら、なにも感傷的な気分になることはなかったけれど、今年の庭のこぼれ梅は、時が家に古りし老梅も心あって流した涙の滴りのように見えた。

梅の木に精があるならば、きっと悲しいにちがいない。この庭も家邸も人手にわたって、そこに棲んでいたわたしたちは、近いうちにここを移ってゆくのだから、梅はわかれの涙に花を地にこぼすのであろうか。

でもわたしは、そんなふうに悲しんでばかりいるわけではない。こんど小さな家に移ってからはじまる新しい生活に、きりりとした精神で元気よくその生活を充実させてゆきたいと思っているし、またそのために準備をしなければならない。

おかあさまは毎日きみをあいてにお座敷中いろいろな物をひっくりかえして、荷物を整理していらっしゃる。

「おいおい、そんなに荷をこしらえたところで、小さい家には、はいり切るまいぜ」

おとうさまはまるで人のことでも言うようにのんきに、脇からそんなことをおっしゃる。

「でも、なにもお道具がなくては、あとでごふじゆういたしますから」

おかあさまはとかく何でもいる主義だが、おとうさまは何でも要らない主義らしい、一言目には、

「みんな焼けてしまったと思えばいいのだ」

とおっしゃる。

「応接間のセットでも絨毯でも、なんでもつけて、おいてまいるのでございますから、ずいぶんこれで家財はひつようなものだけにいたしまして、持ってまいるのでございますよ」

おかあさまがおっしゃると、きみがそばから口を出して、

「ほんとうにあんなごりっぱな椅子だのテーブルだの、それにあのお台所の電気冷蔵庫まで残してゆくの、もったいのうございますわね」

悲しい表情でそういうきみは、まるでじぶんの物を人にとられるような顔だった。

「いいさ、それだけ金になるのだ、この家を買うのは、たいへんな新興成金で、家もほしいが、道具もほしいと言う人だ、もし家具をつけておいてくれれば、それだけ高い金を払うと言っているそうだからいいじゃないか。とうぶん無収入のこの家では、まあ贅沢な道具などは金にしておいたほうがいいだろう」

そう言っておとうさまは、あたりの荷を見まわしてから、そこにある一つの櫃に目をおとめになった。

「なんだ、これは雛人形の箱じゃないか、こんどの家へこれを運び込んだところで、置き場所もあるまい」

「でもこれは百合子の初雛からのお雛さまで、今はとても手にはいらない、りっぱな内裏さまやお雛どうぐ、惜しゅうございますもの」

おかあさまはどうしても、わたしの初雛からのお雛さまを持っていらっしゃりたいお気持らしかった。

おとうさまは傍に立っていたわたしの方をごらんになって、

「百合子、お前はどう思うね、もう大きいからお雛さまもいるまいが」

わたしは考えた。それはいくら大きくなったって、子供のころからの思い出のあの雛壇は、三月三日の雛の日には、やはり飾ってみたいとは思うけれども、百合子は過去の生活にはいさぎよく別れをつげるけっしんをしたのだから……。

「わたし、要りませんわ、それを売ってこれからの学費にしますわ、ね、おかあさまいいでしょう」

「なにもこれを売らないだって、百合さんの学費ぐらいは……」

おかあさまはそうおっしゃりながら、ちらっと目のなかにきらりと光るものをお浮かべになった。わたしは元気な声を出して、

「いいの、それでご本たくさん買って読むのよ」

「わしもそれに賛成だ、百合子はなかなか頭がいいぞ」

おとうさまは、わたしをおだてていらっしゃる。

「おとうさま、わたしピアノも要らないわ、わたし音楽家にはならないし、生活の装飾にピアノを習わないだっていいでしょう」

わたしはかねて思っていたことを言った。それにピアノは苦手だったし、戦争中やめていたか

ら。何も女の子が飾りにピアノをかならず習わねばならないというはずはないし……。

「それは英断だな、しかし百合子がそういうならピアノもお売りなさい、また時節が来たら買えないものではないのだから」

——いよいよ引越の日がきた。わたしたちの引越すところはこの家から、そんなに遠くはない。遠くないどころか、むしろすぐ傍だと言っていい。梅の木の多い、広い庭のその片隅を、四つ目垣でしきりをさせて五十坪に足らぬ小庭を置き、そのなかの一軒の小さい家にひきうつるのだ、といってその小さい家は新しく建てたのではない、それはもとおとうさまの秘書をしていた、若い人の住んでいた家だった。もうおとうさまには秘書もいらないし、その人はとっくにお国へかえって、新しいお勤めにつき、空家になっていたそこへ移るのだった。

それでも四間ばかりの平家で、小さいお湯殿もついているから生活にはふじゆうはない、ありがたい話だと、おとうさまは言ってらっしゃる。

そんなに近い家だから、幸いと高いお金でトラックをやとう心配もなく、家中総がかりで、まとまっている荷を、なんども庭を横ぎってもってゆけばいいのだ。ながらく出入していた植木屋の爺やもきて手つだってくれるし、わたしもその日は、土曜から日曜へかけて二日間の引越そうどうのため土曜日もお休みすることにした。

植木屋のじいやに、おとうさまはこうおっしゃった。

「この邸と庭を買った人にも、お前のことはたのんでおくから、あいかわらず出いりして庭の手入れはしてやってくれ。この庭の木の一本々々、みんなお前が手をかけたんだからな」

植木屋の佐吉爺やはしょんぼり聞いていたが、

「それは旦那さまがおっしゃるならば、致しますが今どきの成金さんが、ここへうつってきてから、どんな庭を造りたいと言い出すことか、とてもあっちの仕事じゃお気に召しますまいぜ」

とさびしげに言うのだった。そして――

「旦那、それよりここにあるりっぱな梅の木でもなんでも、いまのうちにあっちが少しそっちへ運んでしまいましょう。あっちがうまく移しますから。みんなこれをそっくりつけて売るなんてもったいのうございますよ」

「いや一旦売ったいじょう、そんな真似はできん、きれいにこの庭を一本一草手をつけずに、この眺めのままに引きわたしてやりたいのだ――それに幸い、こんど移る家のほうからも、この庭は借景として十分眺めることができる、まったくありがたい話じゃないか」

おとうさまは所有慾はない、その愛した庭がよそながら眺められればいいのだ。

きみが丁寧にお掃除した小さい家は、たたみも古び襖や障子建具も、まえの家にくらべてお粗末ではあったけれども、そうした質素な生活にはいるのが、わたしたちの境遇にふさわしいのなら、それもかえって心が落ちつくと思った。

じぶんたちの住んでいた大きな家を売っても、さらに移り住むちいさい家を持っているわたしたちは、ずいぶんしあわせのほうだもの、世のなかには、住む家がまだなくて間借りをしたり、焼トタンでかこった壕舎のようなところに住んでいる人さえいるのだもの……。

こんどのその家では、わたしの勉強部屋にお兄さまのお形見のテーブルも運ばれて、わたしはそこで勉強することになった。

お兄さまのおやすみになったベッドに、わたしは寝るのだ。ちいさな四畳半に、その二つのものが大きく幅をとって、歩くところはごく少ししかない。黄色い地に赤い花もようを織りこんだ支那じゅうたんが、一枚だけそこのために運ばれて部屋いっぱいに敷かれていた。

お兄さまのテーブルでわたしもやがて将来、お兄さまの書きかけた博士論文のあとがつげるようになりたい。

引きうつってから最初の晩、わたしは夢をみた。お兄さまがそのテーブルのまえで、わたしの学校のノートをごらんになって笑っていらっしゃるお顔だった。目がさめて、夢だとわかったらにわかに悲しくなった。

第四章

新しい家にめざめて、その月曜日から、学校へ行く。きのうまで棲んでいた大きい邸が、わたしの部屋の窓から見える。あすこの幾つかのお座敷の床の間には、おとうさまが、それも買う人の望みでつけておゆずりになるお掛軸をおかけになり、壺には水仙がやさしく活けてあるはずだった。

買主が引越してくるまでのお留守番に、佐吉じいやが泊まりこんでいた。わたしはそのもとのなつかしい家に、ちらと目をなげかけ、いそいで登校した。

学校へ行ったら、その日、千穂の姿が見えなかった。

「朝妻さんは、先週の土曜もお休みだったのよ」

こんなことをいう人がいた。わたしもその土曜を休んだのだけれど、千穂はきょうも休んでいる、どうしたのだろう、風邪でもひいたのかしら。

早春の陽はきらきらと校庭にさしていたが、千穂のいないそこは、なんだか白けて淋しいものだった。わたしは千穂といままで友だちとなるべく、積極的に近づいてゆかなかったことがざんねんだった。

もし彼女と友だちになっていたら、彼女がどこに住んでいるかも知っていたら、欠席して寂しいと便りも書けたろうに、思えばその人を好きなくせに、だまって近よらなかったなんて、わたしはあんがい気どりやだと思った。

だからこの気どり屋さんは、その日一日さびしい思いをして学校から帰った。

わたしたちの前の家には、まだ買主は移っていなかった。留守番役の佐吉じいやは、わたしたちの移った小さいほうの庭へきて、せっせと手入れをしてくれた。その庭はせまいから植木はそんなにない。松の木が一本と、八ツ手と南天とそれにつつじが二株、それと裏口に篠竹が生えていた。もう一本、わたしの窓のまえに、椿のような山茶花のような木があった。もう蕾がふくらんで、小さな花が咲きそうになっていた。

「佐吉、これなあに?」ときいたら、

「これは侘助椿《わびすけつばき》です」

と教えた。侘助とはおもしろい名前だと思った。

「よく手いれして、お嬢さまの窓に咲かせましょう、じみないい花ですよ」

と言った。それにまた山茶花が小庭のすみにあるのだけれど、もう花は散って、榊みたいに見えるだけだ。

前のお庭のように石燈籠もお池もないし、さっぱりして小さな沓脱石がお縁がわのまえにぽつんと置いてあるだけだった。

おとうさまのお部屋の床の間も、前とちがって半分は押入になっている、その床の間の茶色の砂壁には、まえに住んでいた秘書の男の子が、四つか五つのいたずらっ子だったので、壁に折釘かなにかで下手な富士山が描いてある。

おかあさまは眉をひそめて、

「せめて、ここだけでも塗り替えさせましょうか」

とおっしゃったが、おとうさまは首をふって「いいよ、いいよ」とおっしゃって、その富士山のかくれるほど大きい字の掛軸をおかけになった。『四時蘭香《じらんこう》』と書いてある、なんでもその字は京都のある寺の有名なお坊さんがお書きになった字だそうで、おとうさまは、もうりっぱな絵の軸は手ばなしておしまいになったので、その軸のようなのを少し持っていらっしゃるだけだった。

四時蘭香——これは四時とは四季のことだろう、春も夏も、秋冬、いつも蘭の香の清々しい香を放つような気持、そういう意味だと思った。おとうさまは家も庭もお手ばなしになっても、気持だけはそんなふうに清々しく、みんなと暮らすのだというお気持でその軸をかけていらっしゃるのだと思った。ともかく、その四時蘭香の大きい字の軸のおかげで、壁の富士山の落書のかくれたのは何よりだった。

その翌日も学校で千穂の姿は見えなかった。そしてその翌日も、わたしはひどく千穂のことが心配になった。どうしたのだろう、だが千穂がどんなところに住んでいるのか、どうしたのか、まだたれもクラスで千穂と仲よしはいないから、消息を知ることはできない。

わたしはまた寂しい思いで学校から帰った。するとそこに違った世界が、わたしの家のまえに展開していた。

それはわたしたちのかつて住んでいたあの家、いまも庭越しに見えるその家に、いよいよ新しい持主が移ってきたのだ。

まず門のすぐ傍の、おとうさまが自動車をおやめになってから、物置どうようになっているガレージに、自動車がはいっていた。大きな門柱には、今まであったおとうさまの表札のかわりに『片岡鉱造』という大きな表札がかかっていた。この人がおとうさまにかわって、この家の主人になるのだなと思った。わたしたちのこんどの家は、この門をまわってから裏庭に小さい木戸をつくって、そこに名刺ほどの『井口』という表札をかけたそこから出入するのだった。

「ただいま」

と家へはいると、おかあさまときみは縁がわに立って新しく人のうつってきた自分たちの前のお家のほうを見ていらしった。

「いよいよ引越してきましたのね」

わたしがいうと、きみがむこうの家を憎らしそうにながめて、

「お嬢さま、それはさっき大変なさわぎで引越してまいりまして、自動車だのトラックだのぶうぶう音をさせて、どやどや言ってはいってきて、やかましいったらないんでございますよ」

彼女は早くも新しい住人に反感を持っているらしかった。

そこへおとうさまがむこうの庭から帰っていらしった。おとうさまは別になんの表情もなく、平然としたお顔で、

「いま、金庫の鍵をわたして、ダイヤルの廻しかたなど教えてきたのだがね、あすこの女中さんたちが、電気冷蔵庫の使い方を知らないから、教えてもらいたいと言っておったから、きみ行って親切に教えておやりなさい」

きみはおどろいた顔で、

「まあ、いやですね、電気冷蔵庫なんか、なにもむずかしいことはないんですもの、電気さえ来れば、氷が自然とできるんでございますものね奥さま」

「でもね、このごろのように電気が不足で停電してはお困りでしょうね、まあ行ってお台所のガスレンジのことや何かも説明しておあげなさいよ」

とおかあさまもおだやかにおっしゃった。それできみはしぶしぶと出かけて行った。

わたしたちの今度の家には、電気冷蔵庫もガスレンジもない。でも小じんまりして働きいい。わたしも時おり、きみやおかあさまを手つだってお台所をする。すると言っても大したご馳走がこの頃できるわけはないから、きわめて簡単なる炊事である。

しばらくすると、きみは帰ってきた。

「奥さま、まあまああすこのお宅は旦那さまと奥さまとお嬢さまおひとり、それがちょうど百合子さまと同い年ぐらい、それがちっとも百合子さまのようにお綺麗じゃないんでございますよ」

「そんなよけいなこと言うもんじゃありません、お隣どうしだから、これから仲よくしなくちゃいけないんですよ」

おかあさまにたしなめられて、きみは首をすくめたが、

「ご家内はお三人でも、女中さんに書生さんに、運転手さんと奉公人のほうがたくさんのお宅でそのさわがしいったら、それにみんな下品な人ばっかりで、あのお家が似合わないで、おかしゅ

うございますよ」

こんな憎まれ口をききながら台所へはいった。きみは私たちびいきだから、それを買ってはいってきた人たちに、どうしても反感を持つのであろうとおかしかった。

おとうさまはお座敷で、向うの家のさわぎなどよそに、お謡の『鉢の木』を謡っていらっしゃる。わたしも勉強部屋にはいってお兄さまの形見のテーブルに向かった。千穂が休んでいて寂しいことを、ついこのノートに又こうして書くのである。

夜になると、むこうのお家に、どのお座敷にも灯があかあかとついた。節電しなければならないのに、そんな景気のわるいことはきっと嫌いな人たちなのであろう。

そして、やがてピアノの音が聞こえてきた。まだお稽古はろくにしていないとみえて、ただキイをぽんぽんと鳴らすだけの、とぎれとぎれの雨だれの音だった。

ああ、それは、わたしの残してきたピアノだ。それをいまいたずらに鳴らしているのは、きみが言った、わたしと同じ年ごろのあの家の娘なのだろう、ピアノはどんな気持でならされているだろう、などとよけいなことを考えた。

翌朝は雨だった。春まだ浅い気候で雨はさむざむと降っていた。わたしはゴム靴をはいて外套ののどまでボタンをかけて、雨しぶきを傘によけ裏木戸から学校へ出かけて行った。そして売ってしまったもとの家の門のまえを通りすぎると、そこではガレージから引きだされた自動車がエンジンをうならせていた。その前をとっとと行きすぎて、停留所のほうへわたしが出たとき、さっきの自動車が、わたしの外套のすそにはねをとばして行き過ぎて行った。その車のなかには、ある女学校の制服を着た少女がのっていた、それは片岡さんの娘なのであろう。

きょうは寒い雨なので、きっと車で通学するのかも知れない。

うちのお父さまも忙しいお役目のとき、自動車を持っていらしったけれども、わたしはそれで一度も学校へ行ったことはなかった、学校でそういうことは禁止されていたからでもあったが。

その日も千穂は学校には見えなかった。いよいよ彼女は風邪をひいて肺炎にでもなって苦しんでいるのだろうと思うと気が気でなかった。だが彼女をみまうすべもない。雨はひねもす、しょぼしょぼ降っている。もしわたしの想像したように千穂がなっているとしたら、さぞ寂しく冷たく寝ていることだろう。

その日、家へ帰って夜勉強していると、またポツンポツンとピアノが鳴った。練習曲でも何かまとまっている音律なら、そう邪魔にならないけれど、ああらんぼうに、でたらめに弾かれるのは耳ざわりで勉強もできない、やはりピアノは置いてこなければよかったと思った。

ちかごろ流行の盗賊があの家にはいって、あのピアノをそっくり盗んで持って行ってくれるといいと思った。なんというい じ悪な考えだろう、小さい家にうつったからといって、そんなひがみ根性になってはいけないと自分をいましめた。

その翌日は昨日とひきかえてよいお天気だった。春は一足ずつ近づいてくる。学校へ行ったらなんという奇蹟だろう、肺炎で寝ているはずの千穂が学校へ姿をあらわしていた。

彼女は肺炎にはならずにすんだらしい。わたしの悲しい想像はうらぎられてうれしかった。

そして私はこれを機会に、彼女にできるだけ近づいてみようと思った。

「ご病気でしたの、ずいぶん学校休んでいらしったわね」

と、彼女にはじめてと言っていいほど、親しげに口をきいてみた。もちろん、それには多少の勇気がともなっていた。しかしわたしもピアノもお離さまも前の家に手ばなしておいてきた生活にとびこむと、そういう勇気もそうとう出てきたようだ。もうへんに気どったりすましたりはしていられない。なにごとも私が思うことを、はっきりと意志表示したくなった。

千穂はわたしからさりげなく自然な口のきき方をされて、すこしもおどろいたようすもなく、いつものように、山の上の静かな湖のように澄んだ眼をむけて、

「いいえ、病気じゃなかったんですの」

「じゃ、どうして?」

わたしはしつっこいと思ったが、そう問わずにはいられなかった。

「わたし、うちを追いたてられて、住むところがなくて困って、父とふたりで家をさがしていたものですから、学校へなんかとてもこられなかったの」

「まあ……そう」

わたしは思わず息をのんだ、ああ世の中にはこういう人が一杯いるのだ、不幸にも千穂はそのひとりなのだ。

「で、お家みつかって?」

「はあ、仕方がないので、お寺の本堂を貸してもらって住むことにしました。それでやっと学校へ出てこられたの」

このとき、千穂は微笑した。悲しそうな顔もせずに、微笑してお寺の本堂を借りたといった彼女の気持に感動させられた。

ああ、わたしの今度のうちがもうすこし広かったら、千穂の家をおいてあげられたかも知れないのにとざんねんだった。

「わたしのうちも、こんど引っこしたのよ、前の家を売ってしまって、その傍のちいさい家に」

わたしもやはり世のなかの人の不幸のいくぶんかを負っているような気持で、すこし得意になっていうと、千穂はこともなげに笑った。

「ああ、財産税のためでしょう、このごろそれが流行するんですってね」

まるでばかにしたような言い方だった。わたしは顔が赤くなってまごまごした。で、あわてて言った。

「いいえ、そんなことよりも、父は追放でしょう。兄は戦死しましたの、せっかく博士論文書いていたのに、それで生活をかえなければならなかったのよ、わたしもピアノもお雛さまもみんな売ってしまったの、以前のお家にくっつけて」

これは千穂のこころを動かして同情されるに値いすると思っていった、だが千穂は平然とそん

なことを言うわたしを軽蔑するようにながめて、

「引揚邦人はみんななんでもかでもおいてきてしまったんですわ。わたしも惜しいものがすこしはあったの。でも着のみ着のままで帰ってきたんですわ」

ああ、この不幸な千穂には、わたしはとてもかなわないと思ったが、そこでふたりの会話を打ちきってしまうのは惜しいから私はつづけた。

「でもあなたのお宅、みんなご無事でお帰りになったの、命があればなによりですものね」

と、わたしもそうとう利口ぶったことを言った。だが、このとき千穂は、何かきびしい表情で首をふった。

「いいえ、ぶじなどころですか、母と弟はとちゅうで亡くなって、二つの遺骨を持って、父とふたりで帰ってきたんですから」

千穂の眼には、その思い出をよみがえらせることが辛いように寂しい色を浮かべていた。

わたしは返事ができなかった。千穂のこの不幸にはかなわない。

ピアノやお雛さまを手ばなしたことを大きな人生の不幸のように言っていたのが、恥ずかしくてならない。

「じゃ、いま、お父さまとおふたりっきりね」

わかり切ったことを、わたしは念を押して「ええ」と、千穂はめんどうそうに言った。その父親とふたりが生きのこって、いま住む家もなく、さむざむとしたお寺の本堂を借りているのだ、そう思うと、わたしは目のまえの千穂が、人生の悲劇に咲くあおじろい花のように思えた。始業のベルが鳴った。会話はそこに打ちきられて、わたしも千穂も教室にはいった。

だが今日はともあれ千穂とこれだけ会話をかわした、だんだん、いとぐちが開かれてゆく、わたしはうれしくてならなかった、なんだか生活が充実した感じなのである。

これからも折さえあれば千穂と話をしよう。そして友だちになれるものならなろう、ピアノもお雛さまも手ばなしても生きた友だちを得ることは、たしかに人生に意義があるのだもの。

第五章

まもなく三月という頃だった。きみやが顔色をかえて、ある朝わたしに言った。

「向うのお家でお雛さまを飾りました。百合子さまの置いていらしったお雛さまでございます。ほんとにいやですこと」

そういうきみやは、いかにも嘆かわしいというおかしいほど仰山な表情だった。

「お家につけて売ってきたのだから、もう向うのお宅のものよ、飾ってくだされればありがたいわ」

わたしがそう言うと、きみは悲しそうにだまってしまった。

やはりお家につけてきたピアノを、下手に鳴らされるより、お雛さまをきれいに飾ってくれるほうが、音がしないでありがたい。

でも飾られた内裏雛や、あのかわいい、五人ばやしは、主人が変ったので、さぞびっくりして目をぱちくりしていることだろう、そう考えるとちょっと淋しくなくもなかった。

そんなことのあった朝、わたしは学校へ急いだ。

お雛さまといえば、もう暦のうえでは桃の咲く時節だった。しばらくするとわたしは、女学校の上級になる。勉強しなければならない、戦争ちゅうに女学校へはいったわたしは、その頃ろくに落ちついて教室で勉強ができなかったのだから……。

学校に千穂はきていた。わたしはさいしょ千穂と話をしていらい、だんだんに口をきくことが気楽になってきた。

千穂もわたしに少し打ちとけてきた。引揚邦人の娘として、なにか胸のうちに冷たくこおっていた氷山が、日本の春のあたたかさに解けてきたのかしら、でも、お寺の本堂での父と娘の生活はさむざむとしているだろうと思った。

わたしはその時ふいっとお雛さまのことを考えた。そうだあのお雛さまを売らずに、こんどの小さい家にかざって、千穂をお客さまにして呼んで見せたらどんなによかったろう。なんならあのお雛さまは千穂にやってもよかった、そんなことを考えたとき、わたしはお雛さまがないにもかかわらず、思わず口をついてこんな言葉がでた。

「こんどの日曜、うちに遊びにいらっしゃらない？　こんどの家は、それは小さい家だけれども

――」

「ええありがとう、うかがいますわ。どんなお家だって、がらんとしたお寺の本堂の片すみよりはいいわ」

なるほどそうだろうとは思ったが、わたしは笑いにまぎらした。

「じゃ、きっとね」

そう二人の中にはじめて一つの約束がなりたった。これからも、いくつもの美しい約束をふたりのあいだに交したい。

わたしはクラスの人たちが、だれも気づかぬうちに、こうしておいおいに千穂に近づいてゆくのが何か楽しいすばらしい秘密のように思えてうれしかった。

千穂は口かずがすくないから、そんなにおしゃべりをしあわないので、いつのまに千穂とわたしが口をききあっているかも、クラスの人にはめだたないのだ。

だが、わたしは千穂について何も知らない。千穂が引揚邦人であること、おかあさんと弟をとちゅうで亡くしたこと、おとうさんと二人で今どこかお寺の本堂を借りていることを知っているだけだ。

それは千穂にとってたまらなく辛い人生の経験であったろうけれども、わたしにとっては、それはなんとなく美しいロマンチックな苦悩にさえ思われる。そんなことをのんきに考えるということが、すでにわたしがほんとうの人生の苦労をなにも知らないからにそういない。

千穂はそういうわたしを笑うことだろう。わたしはその日帰っておかあさまに千穂のことを説明し、日曜日に招待したことを言わなければならなかった。

千穂のことをどう説明しようか、じつはよく何にも知らない友だちなのだから。でもおかあさまはいつも戦災孤児とか引揚邦人とか、不幸な戦傷者などには、心から優しいいたわりを持っていらっしゃるから（もちろんそれがあたりまえで、持たないのはまちがっているけれど）……。だからおかあさまは、その千穂を日曜日によんでお茶を出すことを賛成してくださるだろう。そして何かご馳走をしてくださるかも知れない。ごちそうといっても、いまわたしの家では、ろくなことはできないにきまっている。

まえにわたしの小さかったときのお誕生日は、ずいぶんお友だちを呼んで、おかあさまがいろいろご馳走してくだすった。わたしは七月、百合の花の咲きそめたころ生まれたのだった。だからそのお誕生日には、いつもおかあさまは麴町の村上開新堂にお頼みになった、大きなバースデイケーキのほかに、特製のアイスクリームだの、新月の匂うようなメロンだのを用意して、お友だちをおもてなししてくだすった。でもそんなことは戦争とともにおやめになって、もう遠い日の夢になった。

けれども、そんな昔の夢ばかり追わないで、いまの現実にできるだけのおもてなしを千穂にしよう。

千穂は日本へ引きあげてきてから、あたたかい家庭にまねかれたりしたこともないのだろう、お寺の本堂の片すみにいるようでは、頼る親戚もないのかも知れないから……。

また親戚などがあっても、かならずしも助けになるとはかぎらない、うちのお父さまも、りっぱなお役についていらしったころは、うちのお父さまと親戚であることを誇りにして、たくさんの人が家へ出いりした、おとうさまもお母さまも、その人たちによく親切にしておあげになった。

でも、いまは私のうちにはそうくる人もいない。

人間のこころというものは、みなそう勝手なものだから、千穂もじぶんたちの祖国へ帰ってきて、きっと淋しかったにちがいない。

きっと生まれつき無口で物しずかな千穂は、それゆえになおさら無口になったのだろう、ほんとうに千穂は最初クラスの中で、物言わぬ花のような感じだったもの。

わたしはその日家へ帰って、おかあさまに千穂を呼ぶ約束をしたことを申しあげた。おかあさまはわたしの思ったとおり、できるだけおもてなしをしてくださるお気持のようだった。

わたしは日曜日のくるのが待ちどおしかった。

第六章

やがて日曜日がきた。それはお雛さまの前の日だった。三月二日そして日曜日、あいにくお天気は雨だった。

春雨と字でかけばなんだか暖かそうだけれど、あいにくとても寒かった。

お客さまのおもてなしにはご馳走よりも、ともかく炭火がほしいときだった。配給のとぼしい炭に小さなタドンをまぜたりして、わたしは自分の部屋をあたたかにした。

お雛さまは向うの家へおいてきてしまったから、そのかわり亡くなったおばあさまが若いころお作りになったという、これは記念なので売らないで持ってきた、きれいな押絵のお雛さまの額をかけた。

この押絵の雛の衣裳は、曾祖母がまだおくにのご殿にあがっていらしったころの打掛の地をつかったので、まだ金銀の繡もあせずりっぱだった。

その雛の額をかけた下の本だなの花瓶は、花屋から買ってきた、まだ咲きかけの蕾のおおい桃の枝を挿した。

桃の枝は、まるで鞭のようにピンピンまっすぐにほんとうに長いばかりで挿しにくい。あんまりいじっていたら、あずきのような蕾がぽろぽろと落ちてしまった。

それにおかあさまが作ってくだすったお手製の雛あられを、鎌倉彫の小盆に紙を敷いてのせてくだすった。

それが今年のわたしのお雛まつりだった。

おかあさまはきみのうちから送ってくれた、いいメリケン粉で、ホットケーキをやいて、きょうのお客さまに紅茶といっしょに出そうと用意していらしった。

おかあさまは千穂をごらんになったとき、千穂をお気にいるかしら、わたしが何故お友だちとしてえらんだかわかってくださるかしら。

母と娘の趣味がそう一致するともかぎらないから、たしょう心配でもあった。

窓の外に冷たい春の雨がしとしとと降っていた。

ちょうどお茶の時間の三時ごろ、千穂はあらわれた。わたしの家へくる地図を書いてわたしてあったので、まちがいなく彼女は来ることができたのだ。

着のみ着のままで引きあげたというくらいだから、友だちの家へ日曜日にくるからと言って、別にめだつような着替えはしてこられなかった。いつもの見なれた学校の制服で、えりをよく拭いて、ほこりをはらって清潔なだけだった。

美しい憂いの花のような千穂が、すこしも身装にこだわらず、平然としゃんとしているのが、いさぎよく頭がさがった。

もっともわたしたちは学生なのだから、学校のマークをつけた制服をどこへ着て行ったってあたりまえの話だけれど……

千穂はわたしの部屋へすぐはいり、壁のひなの額を見て、

「ああ、きょう宵雛ね」

と言った。きっと宵雛とは、雛のせっくの前の日のことを言うのであろう、なかなか千穂は物知りである。

そんなことを言う彼女は、じぶんも小さいときから、北京の家で雛をかざっていたにそういない、だからわたしは、じぶんが向うの大きい家へ、お雛さまの調度をおいてきたということを今更らしく言うことをさしひかえた。

おかあさまが千穂へあいさつに出ていらしった。

「北京からお引きあげでしたってね、ほんとうにあちらは大変でございましたろう」

あらかじめ、わたしが考えた予備知識で、母がそういうことを言ったとき、千穂はうすあかくなって、簡単になにか受け答えをしていた。

きっと、千穂はじぶんが特別にあわれな身の上として同情されることが恥ずかしかったのであろう。

わたしは千穂がそんなにうす紅くなって恥じらったところは、はじめて見てめずらしかった。また、千穂のことをわたしが母にくわしく（じつはろくにまだ知らないのだが）いろいろおしゃべりをしていることを、千穂はいやだったのかも知れないと思った。

おかあさまはごゆっくり遊んでいらしってくださいと言って、奥へ引っこんで行かれた。

千穂は、わたしの部屋を、なにか珍しいものでも見るように見ていた。わたしはわたしの勉強机が女学生のわたしには、すこしいかつく大きな机であることを恥ずかしがって弁解でもするようにこう言った。

「これお兄さまのお机だったのよ」

千穂はうなずいて、その机をつかっているわたしの気持が、よくわかっているような表情で、机の上を二、三度なでてくれた。

わたしはホットケーキや紅茶をはこんで千穂とふたりでお茶を飲むことにした。

わたしは千穂のいまの生活について、すこし知りたい好奇心もあったけれど、遠慮でしゃべれなかった。

千穂はあいかわらず無口で、しかもわたしの家のお客さまになっていることは満足らしく、すこしも遠慮しないで、程よい礼儀を守っておいしそうにお茶を飲んでいた。

そのとき、わたしの小さい家の縁がわに、人声がして、おかあさまが出て応待していらっしゃるらしかった。

その何かわからない話声をきいているさいちゅう、ごとりと音がして、壺にわたしが下手に挿した桃の枝がたおれてしまった。

なんだかおかしいので、わたしが声を出して笑ったら、千穂もめずらしく朗らかに笑った。千穂のそんな笑いごえを聞いたのは初めてだったので、わたしは彼女をうちへまねいてよかったと思った。

少なくともそのためにいくらかの慰めになっているのだ、そして千穂のこころはおいおいにとけてくるのだから……。千穂は立ちあがって、本棚のうえの乱れた桃の花を手ぎわよく活けかえてくれた。

前よりもぐっとじょうずに花がいけられた。

「まあ、あなたはお花がおできになるのね」

わたしは千穂のしたことは、なんでもひどく感動しやすくなっていたので、そう声をあげた。

「亡くなったおかあさんの活けたような真似をしたのよ」

と、千穂はほおえんだ。さりげなくそう言うけれども、亡くなったおかあさんという言葉は哀れにひびいた。

千穂のおかあさんは、お花のじょうずな人だったのだろう。

北京の千穂の家の床の間には、いつも花が活けられていたにそういない、支那水仙だの、ぼたんだの海棠《かいどう》だのそして桃の花も――支那焼の美しい壺にいけられていたのであろうに。わたしはそんなことをうっとりと考えた。

そのとき、おかあさまがあいだの襖をあけて、

「百合さん、ちょっと」とはいってこられた。

「なあに」とふりむくと、おかあさまは半分こまって、半分おかしいような顔をなすって、

「いまね、お向うの女中さんが言ってきたのだけれど、あちらのお嬢さんのお雛まつりに、一日早いけれど今日は日曜だから、あなたに遊びにいらしっていただきたいって……」

「まあ！」

思いがけないことに私はびっくりした。

向うのお家とはいうまでもなく、わたしたちの住んでいた家である。そこに飾られたお雛さまとは私の持っていたものである。それを飾ったその家へ、わたしがお客さまになって呼ばれるとは、なんという皮肉な人生であろう。

「せっかくそうおっしゃるのだから、ちょっと行ってらっしゃい」

と、おかあさまは言って千穂のほうを見ながら、

「千穂さんもごいっしょにお連れなさい、かまわないでしょうお雛さまのお客さまだから。あちらの女中さんにも、いまお友だちがお見えになっているからと言っておきましたからね」

だが千穂はえんりょした。

「わたし、これで失礼するわ、あなた行ってらっしゃいね」

そして千穂は早くも椅子を立って母にもあいさつしようとした。その千穂をわたしはあわてて止めて、

「わたし、ひとりじゃいやよ、後生だから、いっしょに行ってちょうだい」

第七章

わたしはとうとう千穂をつれてゆくことに成功した。そして、つれ立って庭の柴折戸を出て向うの玄関にまわった。

玄関からはいる時、千穂はちいさい声で、

「あなたが住んでいらしったお家ね」

とささやいた。女中たちがふたり出てきた。奥の座敷へとおされた。

わたしは案内されないでも、どの部屋がどうなっているか、どこにお手洗があり洗面所があり押入があるかよく知っているのだけれど、でもお客さまだからおとなしくついて行った。

奥の座敷にわたしの——ただし今はこの家の所有になった、なつかしい雛壇が美しくかざってあった。

その雛壇のまえに、この家のお嬢さん、いつか雨の日、自動車に乗って、わたしを追いこしてゆく姿をちらりと見たその少女がいた。

お雛さまに負けないように着かざった着物と帯だった。彼女はちょうど私たちとおなじ年ごろの少女である。

「いらっしゃい、わたし喜美子です、きょうね、せっかくこんな立派なお雛かざったのに、おとうさんもおかあさんもお芝居見にでかけちゃって、淋しいから、すぐ近くのあなたを呼んでいっしょに遊ぼうと思ったのよ」

むじゃきといえば無邪気だけれど、千穂などとはちがった、がらがらした物言いで、すこしがさつなようだった。

わたしは挨拶をし、千穂のことも学校のクラスメートだといって紹介した。

「あら、わたしもあなたたちの学校へあがればよかったわねえ、そしたらいっしょに行けたのにね、雨や嵐のときは、うちの車へも乗せてあげられたのにね」

喜美子嬢はこう言っていいごきげんだった。そこへ女中が代りがわりに、いろいろなごちそうを運んできた。

錦手の大皿に盛った握り寿司、たまご焼だの、のり巻だの、まぐろだの海老だの、まっ白なお米のうえにのっている。いまごろこんなご馳走がどうしてできるのだろう、わたしは目をまるくした。

「とてもおいしいわよ、おあがんなさいよ」

喜美子嬢はそう言って、パクパクとごじぶんも召しあがる。

わたしも千穂も、小皿にそれを取りわけて食べた。その伊万里の小皿も錦手の大皿も、それぞれ見おぼえのあるわたしのうちの什器だった。だからわたしは時として、わたしが主人で喜美子嬢と千穂にごちそうしているような錯覚さえ起きた。

そこへお汁粉が運ばれた。そしてつづいてまた林檎が出た。

喜美子嬢はそれをわたしたちに気前よくすすめながら、

「あなた、ちょいちょい遊びにきてちょうだいね、わたしまだ東京へきてそんなにたたないからお友だちがすくなくて、そりゃ淋しいのよ。あなた、もとこのお家に住んでいたんでしょ、だからって、わたしもうあなたをこの家へこさせないなんて、けちんぼ言わないわよ、ね、遊びにきてね」

すこし人見知りを知らなすぎることばではあったが、わたしはむじゃきな喜美子嬢だと思った。

「あなたのお家どこなの」

こんどは千穂に喜美子嬢がたずねた。その答えは千穂にかわってわたしがした。

「もと、北京に住んでいらしって、引きあげてからお家がなくて困っていらっしゃるのよ」

「ああ、引揚邦人ていうんでしょ」

喜美子嬢はすこしばかにしたような顔をした。そして言った。

「わたしのおとうさんも、もうせん、暫く北京に行ってたわよ、でも戦争のおしまいになる前に早く帰ってきたからよかったわ」

喜美子嬢はそう言うのである。わたしは彼女の無遠慮なことばを千穂がどんなに受けとるかと思うとはらはらした。だからそれをとりなすようにこんなことを言った。

「北京て、古いきれいな都なんでしょう、わたしも行って見たかったわ、ねえ千穂さん」

千穂はうなずいて、

「戦いなどなかったら、もっといいところだったでしょう」

とおとなびた口調で言った。

「そう、そんなにすばらしいところだったの、そんならわたしも行けばよかった、わたしはお母さんとふたりで田舎で留守をしてたのよ、そのあいだにお母さんは死んでしまって、それからもっと田舎のおばあさんのところにいたわ、悲しかったわ」

はでな顔の喜美子嬢に、きわめて単純素朴の表情が浮かんだ。

「あら、おかあさまいらっしゃらないの」

わたしは意外だった。わたしたちの家を買ったうちの主人には、奥さまらしい人と娘さんがいると、きみが噂していたのに、その奥さまは下品だなどと陰口も言っていたが――

「ううん、ちがうおかあさんなのよ今のは、おとうさんが北京から連れてきたひと」

喜美子嬢はそうあっさり言いはなった、その父と母がそろって芝居見物に行った留守を喜美子嬢はわたしたちを呼んで雛のまえで遊びたかったのであろう。

「この千穂さんも引揚のとちゅう、おかあさまと弟さんをおなくしになったの」

わたしは無口の千穂にかわって喜美子嬢の話あいてになった。

「あら、そう、かわいそうに」

なにごとも粗末なことばの表現だったが、母のないという点で、喜美子嬢もこころから千穂に同情したらしい。大きな家に住み、わたしのお雛さまをかざり、自動車で登校したりできても、この喜美子嬢にも一脈のさびしい運命があったのだと思った。

あまりたてつづけにご馳走が出るので、胃をわるくしないために、わたしは千穂とそこそこに立ちあがって帰ることにした。

「あら、もっと遊んでいらっしゃいよ、いいじゃないの」

喜美子嬢はしきりに別れを惜しんだ。また雛壇のだいり雛や五人ばやし、右大臣左大臣たちももとの持主のわたしに別れを惜しむ眸《まな》ざしをしているようだった。

「また遊びにきてちょうだいね」

そういう無邪気にして素朴な、たしかに田舎の山のおくの、おばあさんと暮らした面かげのある喜美子嬢に、わたしは好意を感じて、また遊びにきてもいいと思った。

千穂はわたしと連れ立って、また庭門をとおりながら「あなたのお雛さまおりっぱね」と、わたしの耳にささやくようにそんなことを言った。きっと喜美子嬢には似あわないで、わたしに似合うお雛だと言ってくれたのかと、わたしはうぬぼれた。

千穂は母にあいさつをすると、もうそのまま上がらずに帰ると言う、千穂がおとうさんと住んでいるお寺は、ここからすこし遠いから。わたしはその千穂を、電車道まで送ってゆくことにした。そしてわたしのもといた家、いまは喜美子嬢の住む邸の塀にそうてあるいてゆく時、もうみじかい雨の日は暮れかけて、ぽつぽつ家の窓には灯がついていた。そのとき向うから自動車がきた。あの喜美子嬢がいつかのって学校へ行った自動車だ。

その自動車はあやうく、わたしたちにふれるように傍ちかくとおって行った。その車のなかにのっていた中年の男女、それはきっと喜美子嬢のおとうさんとおかあさんであろう、お芝居の昼の部がはねて、いま帰るところらしかった。

わたしはあの喜美子嬢のおとうさんおかあさんは、どんな人かしらと自動車のなかを見た。車の中のふたりは何もきづかず、おもしろそうに夢中でしゃべっていた。たぶん見てきたお芝居がよほどおもしろかったのかも知れない。

千穂もわたしといっしょに傍をすれちがう車のなかに、おのずと目をやっていたのであろう。その車がすうっと通りすぎたあと、千穂はまるで雷にでも打たれたように小さく「あッ！」と声をあげて立ちすくんだ。

美しい千穂の顔が、そんなにおどろきに打たれたのを、わたしはまだ見たことがなかった。わたしはもしかしたら、あの自動車の車輪が行きすぎるとき、千穂の足をまちがって轢いたのではないかとさえ思った。

「千穂さん、どうしたの」

だが千穂は、ぼんやりと過ぎゆく自動車を見送っていた。

「千穂さんあの自動車のなかの人、きっとさっきの喜美子さんのおとうさんとおかあさんよ」

そうわたしが説明するまでもなく、その車はその邸の門のなかに吸いこまれて行った。

それを見ると千穂は、わたしをふりかえって、なにかある厳しい表情でわたしにきいた。

「あなたのお家を買った人は、片岡という人じゃありません」

さっき千穂は庭口から出いりしたので門標を見なかったであろうけれど、わたしはすでに知っていた。

「え、そうよ片岡よ」

「片岡そして鉱造って言いはしません」

千穂ははからずもそんなに委しくわたしの家を買った主人の名を知っていた。

「まあ、どうしてごぞんじ？　そんなによく」

千穂は答えず、しばらくは、わたしといっしょにだまって歩いていたが電車道へ出るすこしまえで、はじめて決心したようにわたしに語った。

「さっき、あの喜美子さんが、おとうさんは北京にいたと言ったでしょう、そのとおりでしたわ、あの人は北京で父の店の事務所にはたらいていた人なのです。戦争のさいちゅうに父の店の事業がよかったときに、父にめいわくをかけて、あの女のひとをつれて、北京から逃げるように帰ってしまったのです——あの女のひとも家にいたことがあるのです」

千穂はそこでぽつりとことばを切って、なにかかすかな吐息をついた。そこへ電車がきた。千穂は、

「ごきげんよう、また学校で」

と、すこし蒼ざめた顔で、わたしに声をかけて機敏に電車にとびのった。

早春のたそがれの一時、いま音立てて立ち去る電車を見送りながら、わたしはふしぎな夢をみているような気がした。

第八章

千穂がわたしの家へ最初に遊びにきた翌日、校庭で千穂にあったとき、わたしと千穂の距離はずいぶん近づいていた。

いままではともかく、東京と大阪ぐらい離れていたふたりの距離が、きのう千穂とわたしの家で一時をいっしょにいたために、東京と熱海ぐらいに少なくともちぢまった。

やがて将来、新橋と鎌倉ぐらいに近づくかも知れない。ともあれふたりはもう相当の友だちづきあいになっていた。校庭の樹々は芽ぶいて、ふたりの友情をほおえんで見ているように、春近い息ぶきがただよっていた。空は晴れて白い雲が浮いていた。

休みの時間にふたりは時折しゃべった。――時おりというのは、千穂はわたしに身近く、身を寄りそえながらも、言葉はほんとに少ないひとだったから――けれどもわたしはそのひとの傍に近くいるということで満足だった。

だまりあっていても、どこか心の端が通じあうことを信じていたから――千穂はりっぱに絃のちょうしがあっていながら、まだ弾き出さないヴァイオリンのような気がした。でもいちどその絃にふれると、なつかしい優しいすぐれた音色をごく断片的にひびかせる名楽器のような感じだった。

だから私も、むやみとその名楽器をギイギイ鳴らせることは、つつしまねばならなかった。

「わたしの家を買った片岡さんが、あなたのおとうさまのごぞんじの人だったの皮肉なぐうぜんね」

わたしはとかくその問題が昨夕から心にかかっていたから言った。

だが千穂はそのことにふれるのが気がすすまないらしかった。だから彼女はためらいながら私につげた。

「私あれから家へ帰って、おとうさんにそのお話をしたらおとうさんは黙って、そのことはだまっていたほうが片岡さんのために好いだろうとおっしゃったわ、きっとお父さんは、わたしがあのとき反射的にあなたにあんな事おしゃべりしたこと、いけないと思っていらっしゃるのかも知れないわ」

わたしはそれを聞いた時ひやりとした。千穂はそのことばの余韻のなかに——わたしが片岡家に千穂から聞いたことを、うっかりまた伝えはしないかとそれを心配しているらしかった。だからわたしは、自分がそんなに軽卒なおしゃべりでないことを千穂に安心させるために口ばやに言った。

「だいじょうぶよ、わたし、なんにもそんな事あすこの家にしゃべりはしないの。それに私あの喜美子さんてひとにも、きのう初めてお雛さまのまえであったばかりで、そんなに親密ではないんですもの」

そして、わたしもそのことばの余韻に、(だが千穂よ、わたしとあなたは親友になりそうね)という意味の匂いをこめていたつもりだった。

「ああ、そうね、でもあの喜美子さん、すこし粗野だけれど、気は好さそうな方ね」

千穂は一目で人を観察する確信があるようにいった。わたしもこの千穂の人物観には同感だったから、にっこりうなずいた。

その日、学校の帰りに電車道まで、わかれを惜しんで出ながら、じつは今日校庭でぜひ機会があったら言いたかったことを言いだした。

「わたし、こんどあなたのお家へ、うかがってもいい?」

しかし千穂のお家と言ってもそれはお寺の本堂のはずだった……それで、もしかしたら千穂はわたしの訪問をいやがるかも知《し》ないという恐れがあったので、わたしはそれを言い出す勇気がなかなか出なかったのだ。

だが千穂はすこしもわたしの心配のひつようのなかったほど快活にこたえた。

「ああ、どうぞいらしってちょうだい、わたしたちがどんな生活をしているかごらんになるのも人生の勉強だわ」

と、この人として珍しく快活にいった。

わたしはうれしかった。わたしが千穂を訪問するのは、単なる引揚邦人の千穂の生活を人生の参考のためなど思うのではなかった。千穂にわたしはなにか贈り物をしたかったのだ。千穂がいま生活のためにひつような物を――だが千穂に何を贈ったらいいだろうか。

わたしの家も、あの家から家具家財まで売ってしまった身分だけれど、でも千穂の家よりは、まだなにか物のある家にそういなかったから。

わたしは千穂になにが欲しいかたずねるほうが早道かもしれなかったが、そんな露骨なことをせずに、じぶんで心にこめて考えてみるほうがいいと思った。

つぎの日曜日、わたしは千穂の家にでかけようと思う。学校の進級試験のさいちゅうだし、ほんとうはのこのこ遊びになど出かけないのだけれど――わたしも千穂も女学校ていどの学科の試験にはびくともしないだけの自信を持っている――というと高慢のようだけれど、あるていど人間は、自信をもつことには、敢然と自信を持たなければならないとおもった。

これは亡くなった兄さまのよく言っていらっしったことばだ。いま私はその兄さまの形見の大きなデスクに向かって、兄さまの使わずに残していった、この青いノートに感想を記しているのだもの。……

けれどもまちがった自信を持って大失敗をしたり、人にめいわくをかけたりはしないつもりだ。

それはあの日本の不幸な戦争のように、はっきりとした自信もなく、むやみと戦争を開始してしまったことが、どのような悲惨に国民をおとしいれたか——兄さまをうばったのもこの戦争だった。

ああ、こんなことを書いたら悲しくなるから、この青いノートをそんな悲哀や愚痴の文字でうずめたくない。『つねに前途に希望を持て！』これも兄さまのよくおっしゃった言葉だ、わたしは忘れない。これで今夜の青いノートの書きこみをおわる。

第九章

わたしはその日を待ちかねていた。その日とは千穂の家庭を訪問する日だった。家庭といっても千穂とそのおとうさまとその二人だけ、どんなお寺の本堂にいるのであろうか。わたしはその父娘の生活の中によろこばれる客でありたいと思った。

なにも喜ばれるという事が、かならずしも物を持ってゆくということではないけれど、わたしは彼女の引揚後の生活のために役立つものを持ってゆきたいと思った。そしておかあさまとも相談した。

まずその贈り物にえらばれたものは服である。わたしの二つある一つの春の外套、すこし型は古いけれど、がまんして着てもらうことにしよう。それからおかあさまが、「すこし大柄で派手だけれど、あなたより千穂さんに似あいそうだから、あれをあげましょう、もう買えないのだから、ほんとうは惜しいのだけれど」という注釈つきで、紫矢がすりの大きな矢羽根のお召と、紅匹田の帯、「これは今のお金にしたら大変なものだけれど、もとは安かったのだから」とあまりお金のことを言わないお母さまが珍しくそんなことをおっしゃったほど、もうそういう物のいっさい買えそうもない、わたしの家としては精いっぱいの贈り物であったとおもう。

わたしはそれを出来るだけ小さくたたんで風呂敷につつんだ。

「なんなら、その風呂敷もさしあげるといいのね」

とお母さまはおっしゃってくだすった。その風呂敷は千羽鶴のもようで、なにかのお祝事でいただいたものらしかった。わたしは千穂への贈り物を、お母さまがこんなにこころよく協力してくださるので、とても嬉しかった。

わたしは千穂にかねて教わった通り、電車も道もまちがえずに千穂のいるお寺にたどりつくことができた。

そのお寺の本堂は、想像してきたよりも小さかった。お寺の境内の敷石の道の両側の庭には桜がやがてさく蕾を枝々にふくんでいた。

お寺の両がわの垣根には、もう散ってしまった梅の木があって、その下には、蕗《ふき》の薹《とう》がほほけて青磁色のちいさい壺を開いたかたちでたくさんあった。

わたしがしばらく廻りを見まわしていると、

「百合子さん」

と千穂の声がした。彼女はわたしを待っていてくれて、本堂の縁に立っていてくれたのだ。本堂の縁板は厚く黒ずんでいた。そしてうらうらと春めいた日射しがあたっていた。わたしはなんとなくそのお寺の厚い縁板のうえで、おかっぱの童女が五色の糸でかがった手毬をつく姿を想像した。

その童女の顔を千穂の顔に似せて心にえがいた。

だが千穂は制服のままで、縁に美しいやや寂しげな顔を見せて立っている。

わたしは、手にした風呂敷のなかの紫矢がすりの袷《あわせ》を、早く千穂に着せてその縁に立たせてみたいと思った。きっとわたしの贈り物は千穂にすてきに似あうだろう。このお寺の桜の咲くとき、千穂がそのむらさきの着物を着てこの縁に立ったら、どんなに美しい絵のようだろうと心がおどった。

わたしは本堂への段をかけあがった。そして靴をぬいだ。千穂は身をかがめて、その靴を手にさげてくれた。「ここへ置くとあぶないの」とほおえんで言った。ほんとにそうだ、うっかり靴でもなんでもどろぼうの流行の世のなかだから……

千穂は廻り縁になっている縁板を鳴らして、わたしを奥へみちびいた。

わたしは千穂がお寺の本堂に住んでいるというから、阿彌陀さまのかざってある畳敷の広いところに、ぽつんと住んでいるのかと思って想像していたが、ほんとはそうでなかった。広々とした阿彌陀さまの畳敷の外の縁をまわって、そのうらの暗い小部屋が千穂の住居だったのだ。

縁に向かった障子は切り張りだけれど穴などはあいてないように張ってあった。古い紙のところに切り張りの紙が白い雪のように痛々しく目にしみた。畳は古びていたけれど、塵ひとつ落ちていない——きっと千穂がよく掃除するのであろう。だが、そこは北向きでさむかった、夏はすずしいだろうけれど……。その部屋のすみには机がおいてあった。それは千穂の勉強づくえであろう、学校の教科書が置いてあったから。だがその机そのものは、なんとお寺の借物の経机であった。朱ぬりの色がさびて、ふちの金箔がはげていた。だがなんという風流な机であろう、そうしてみると千穂に似あわなくもない。

また、むこうのすみに、これもお寺の借物であろう、お茶室におくような風炉がおいてあった。茶釜がかかってお湯がたぎっていた。松風の音をかなでるとは、きっとこの音なのであろう。その側の置棚には、お薄の茶碗や、茶釜などの茶道具がおいてあった。

おかあさんがお花がじょうずだったという千穂は、きっとお茶も点てるのであろう。そしてこの北向きの本堂のうしろの小部屋の暖房は、この風炉の炭火ひとつなのであろうか、きっとそうなのであろう。

その小部屋のなかには押入も何もなかったが、古びた、わたしなどには読めそうもない、みょうな字の書いてある屛風が立てまわしてあった。もしかしたらその屛風の向うに千穂のおとうさまがいるのではないかと、しゅんかんわたしは考えた。

「おとうさまは？」

と小声で聞いた。

「おでかけよ、おとうさまもお仕事をさがさなければならないのですけれど、労働はできないでしょう、やはり北京でしていたような仕事をなさりたくても、資本はもうなくなったし、今どうかそうした仕事にやとわれたいと就職運動なの」

千穂はそうさりげなく言ったけれど、昔ひとを使っていた父が、こんどは人につかわれるために職を求めているのが悲しいようすだった。

「おとうさまはなんのお仕事？」

わたしは少し立ち入りすぎるけれど訊いた。もしかしたら、うちのおとうさまが、もう公職にはつけないけれど、いろいろ昔のお友だちの方がたくさんおありだから、千穂のおとうさまの就職をたのんであげることができるかも知れないと思ったからである。

「貿易――そういうことなの」

千穂のこたえをきいて、きっと千穂のおとうさまは、北京で大きくそういう仕事をしていたのだろう、だが何もかも無駄になってしまった。そんなことを勝手に想像しているとき、千穂は小さい茶棚から、きっとわたしのために用意したのであろう、なにかこれもお寺の借物らしい古びた定紋のついたお重箱をおろした。わたしはあわてて抱えていた風呂敷包みをおしだして、

「千穂さん、かまわないで。わたしきょうご馳走になったりはしないの、それより何にも失くし

ておしまいになったあなたのお役に立つものと思って考えてきたのよ。けれどもみんなわたしのお古よ、お怒りにならないでね」

千穂がそれについてなにか言おうとするひまもないほどあわてて、わたしは千羽鶴の風呂敷をひろげた。

わたしの古い春の外套、紫矢がすりの着物と帯、千穂は息をつめたようにしばらくわたしのその贈り物を見つめていたが、

「ああ、わたしもこれ持っていたわ、おんなじの、――亡くなった母がわたしに似あうって、えらんでくれたの」

彼女はそう言って矢がすりの着物をいきなり手にとって抱きしめるようにした。

「うちのお母さまもそれがあなたに似あうといって出してくだすったの」

それを聞いたとき、千穂はふっと美しい眼を涙ぐませた。

そうして、わたしの贈り物を受ける千穂にはなんにも、いやしさや、さもしさがなくて、ほんとうに心から素直にそれを受けてくれるのだった。

第十章

「千穂さん、着て見せてちょうだい」

わたしは少なくとも自分の真心のこもっていると思う贈り物を千穂にきせてみたかった。千穂はすこしはにかんだが、わたしへの礼儀のためにも当然だと思ったらしく、また自分でも着てみたかったのであろう、座敷を仕切った屏風を動かして奥へはいった。

そのときわたしはちらりと屏風の奥にあるものを見た。そこには父親のふとんとそれからおそらく、それだけを持って引揚げたものであろう、ふたつの鞄がおいてあるだけだった。

千穂のその屏風のかげで着換える衣ずれの音がした。しばらくして出てきた。そこには少し古風な昔の少女雑誌の口絵にあったような姿で千穂が立っていた。

千穂は「ありがとう」と、わたしに改めてお礼を言った。その態度までたいへんしとやかで絵のようだった。

そして彼女は、そこにあるあまり上等でない風炉のまえでお手前をしてみせた。そういうことを亡くなったおかあさんにすっかり仕込まれている少女なのだ。

彼女の立てる薄茶、茶筌が巧みにうごいて細やかな泡が、うぐいす色のお茶の上に盛りあがった。そしてお菓子は千穂がわたしのために作ったという椿餅だった。二枚の青いてらてらした葉のあいだに、道明寺をふかして、中に餡のはいっているお菓子だ、千穂はこんなものを作ることのじょうずな家庭的な少女であろう。

「お寺の庫裡でお炊事をしているのよ、そこのお道具借りられるからずいぶん助かるの」

と彼女は言った。

「椿の葉ってずいぶん厚いのね」

わたしは彼女のつくったお菓子を一つ平らげてからお薄をのみ、のみ終ってからお皿にのこった椿の葉を見て、しみじみそう言った。

「ああ、その椿葉、そこで取ったのよ」

千穂は障子をあけると、陽のささない本堂のうら庭、苔が一面に、緑青を溶いた水を流したような地面に、椿の大木が二、三本、寺の屋根にちかづくほど生い茂っていた。

それは紅椿で、いま盛りに咲いている。そして苔地のうえに、黄色い蕋《しべ》を紅い花びらでかこった落椿が、絵に描いたように、ほどよい位置に散っていた。

わたしは美しいと思った。紫矢がすりをきた少女の千穂と、落椿の庭の景色と、なにかそのとりあわせがふさわしい、これも古風な口絵のような気がした。

わたしはきっと千穂のすがたや感じのなかに、古風な趣きをもとめて好きなのかも知れない。

なぜなら、そういうものがあまり見あたらない世のなかになってしまったからであろう。

千穂はその障子をしめてから、わたしのために風炉に炭をつぎそえ、わたしをそのそばに据えた。

わたしは障子をしめられて、部屋の風景を見るよりほかなくなると、ことばの少ない千穂のまえで、つい部屋のなかをじっと見いるようになった。

わたしはさっきはいるとき見た千穂の勉強のための経机のほうをみると、教科書がきちんと置いてあるほかに、そのかげに一枚の写真の小さい額がおいてあるのを見た。

それはややもすれば本のつみかさねのためによく見えない。でもわたしの坐る位置からはよく見えるのだった。

わたしはその千穂の机のうえにある、写真をよく見たいと思った。

「あのお写真見せてね」

千穂はすなおに立ちあがった。

「アルバムみんななくしてしまったの、ただこれだけはわたしだいじに持って帰ったの……」

そういう彼女のアルバムを、わたしもほんとうに見たいと思った。彼女の生いたち、踊りのおさらいとか、お茶のおけいことかいろいろあったのではないだろうか、などと想像した。

千穂の持ってきた写真立のなかを見ると、きっとそれは北京の千穂の家庭なのであろう。背景は中国ふうのりっぱな家庭で、庭にはふしぎな形をした石がたくさん積みかさねてある。蘭《らん》や夾《きょう》竹桃《ちくとう》に似た植物が茂っていた。

そこに一家あつまっての撮影らしかった。千穂はまん中にいる、振袖を着て立矢の帯をしめている。すくなくとも二、三年まえの写真であろう、邦人が悲惨な引揚をしなければならなくなることがまだわからないころだったにそういない、その隣に立っているのは千穂のおかあさんだ、千穂に似ていて美しい、ああほんとに残念だ、こんなおかあさんが亡くなったのだ。

また千穂の片がわに立っている少年、それは千穂の亡くなった弟であろう、それからその三人の後に立っている中国服を着た紳士、たしかによくその服装が似あう中国の大人の感じ、それは千穂のおとうさん、いまこのお寺にただひとり残った娘といるおとうさんである。

だが、もうひとりそのお父さんとならんでいた、ちょうど千穂の兄さんぐらいの年ごろの、大学生らしい制服を着た青年はだれであろう、千穂に兄さんがいるとは聞いていない。

「これ、どなた?」

わたしはその青年の姿にだけ疑問をおこしてたずねた。

「いとこよ、東京から遊びにきたときなの」

その千穂のこたえで、すくなくとも千穂が東京にいとこを持っている、東京に親戚があったということを知った。

――もしそんなら、こんな本堂の寒いうらにいないでもよさそうなものだ、けれども必ずしも親戚が助けあうとはかぎらない、わたしの家にも親戚はあるけれど――

しかし、つぎの千穂のことばで、わたしはいっさいがわかった。

「いまはシベリヤに連れてゆかれているらしいの、終戦のとき朝鮮の元山《げんざん》の航空隊にいたのよ」

「おばさまのひとり息子だったけれど、学徒応召で出て行ったの、その留守におばさまのお家が焼けて、おばさまも亡くなったの、もしおばさまのお家があれば、父とわたしはおばさまのところにいられたのよ、とてもいいおばさま、そして一雄さんもいい従兄だったの」

ああ、ほんとにいい親戚があったにちがいない。だから椿はきれいだけれど、ばかに寒いこの部屋にいるのだと思った。

「シベリヤからお手紙きて？」

「いいえ、こちらからいくら出してもこないのよ」

千穂はいっしゅん暗いかおになった。

世のなかには千穂のような人がたくさんいるのだ。せめて千穂にちかづいてよいお友だちになろうとしていることが、せめてもの心やりだった。もっとも千穂はわたしに、それに匹敵する魅力をあたえているからだけれど。

わたしはやがて、千穂に送られてその本堂を出た。外よりも早くお寺のなかは日が暮れるような気持だったから。

千穂は本堂からの石だたみを歩きながら左のほうの松の木立のすきの墓地をさして、

「あそこに、母と弟と伯母もねむっているのよ」

と言った。千穂の一族は東京のここに菩提寺を持っていたので、その縁故で、本堂のすみに住まうことができたのかも知れない。

わたしは千穂とならびながら、寺の門をでて、電車の音のする町のほうまで歩いた。春はやがてくる。千穂のお寺に桜の花のさくころ、わたしはまた千穂を訪れようと思った。

第十一章

春の休暇になった。しばらく学期末の試験や卒業生の送別会などで、いそがしかったので、青いノートにごぶさたして、字を一字もかくひまがなかった。でも書けばずいぶん書くことがあるような気がする。

ひさしぶりにノートのページに最近のできごとを記しておこう。

庭からいやでも見えるあの片岡家がすこし静かになった。うちのきみやはスパイするのではなかろうが、よくあちらのことを知っているのは、いつのまにか、あちらの台所の女中さんたちとあるていどの交際をしているのかも知れない。だから、きみは片岡家の消息に通じている。

「あちらのご主人と奥さんが、熱海に行ったんでございますって、それでなんだかひっそりしているんでございますよ、女中さんたちがこぼしておりました。

『うちの奥さんときたら、手をのばせばすぐとれる、かみくず籠ひとつでも、人を呼んでとらせるんだからそりゃ忙しいのよ、たまったもんじゃないわ』って、やっぱり成りあがりの奥さんだから、そうなんでございますねえ」

そう告口をするのだった。うちではおかあさまが、「じぶんで出来ることは、なるべく人手をわずらわさないように」といつでもおっしゃるから、家中の者がだれでもじぶんのことは自分でする。だから台所のお手伝いのきみやは、その点すこし手がはぶけるのだけれど、でもきみやも気のどくだ。おとうさまがお役についていらしって人の出入の多かったころには、きみやのほかに、書生や運転手を入れて三、四人はいたのだから……それが、きみやひとりになって——ほんとうならそのきみやだって今のわたしたちの身分には、ぜいたくなのだけれど、きみやは親なし子で、もう何年もうちにいて、まるでこの家の人のようになっているのだから、わたしたちの家と運命をともにしているような娘なのだ。

だからいわゆる奉公人根性などというものがちっともない。けれども片岡さんの家では、にわかにやとわれた奉公人たちが主人になじまないし、尊敬しないで、そんな蔭口をいうのであろうと思った。

いぜん、家におおぜい召使っていたとき、おかあさまはときどき、「人を使うことは、使われるよりむずかしいものよ」と言っていらしったけれども、片岡さんの奥さんには、それがわからないのかも知れない。

でも——いつか千穂が片岡家について、ふしぎな顔をして言ったように、片岡家の奥さんは、千穂の亡くなったおかあさんが世話をしておやりになった、身分のよくない女のひとかも知れないのに――

でも、そんなよけいなひとのうちのことをとやかく考えることはない……

それは――わたしが片岡家の娘の喜美子さんと庭先で口をきく機会のあったことからはじまる。

その休暇になってまもない春の日、片岡家で、また、ポツンポツンとピアノの音がした。ほんとうにへたな弾きかただった。わたしのあの家においてきたピアノも、ああ下手な手にかかっては、いい音の出しようがなくて、なげいているだろうと思った。

その感傷的な気持になったことが、ついわたしをふらふらと片岡家の――もとわたしたちの庭だったそこへ足をふみいれさせた。とぎれとぎれのピアノの音がそこで止んだと思うと、いきなり縁の障子があいて、喜美子さんが姿をあらわして、

「いらっしゃい」

と声をかけて、わたしをまごつかせた。

たぶん、すこしも気のすすまないピアノを弾いていたので、ときどき窓から外でも見ていたのだろう。

そしてわたしの姿を見たので、さっそく縁にあらわれて声をかけたのだろう。

「ごめんなさい、うっかりお庭先へはいってきて――」

もと、わたしたちの庭だったが、もうひとの庭だから詫びねばならなかった。

「あら、いいのよ、庭つづきだから、いつでも散歩しにいらっしゃいよ」

喜美子嬢は、すくなくとも片岡家の家族のなかで一番人なつこい性質らしい。わたしは遠慮なく庭先へどんどんすすんで行った。

「ピアノの音がしたので、ついふらふらはいって来てしまいましたの」

わたしは少しきまりわるげに言った。でもそれは弁解ではなく、ほんとうのことだったから

――

すると、喜美子さんが、人の好い顔をして言った。

「ああ、あの、ピアノ？　あなたのだったのでしょう。いつでもピアノ弾きたかったら、遠慮しないで、ここへきて弾いてちょうだい。あなたとってもピアノ上手なんでしょう、わたしはピアノなんかきらいよ、でもお父さんやおかあさんが『好い家の娘は、みんなピアノ弾くから、お前もおならい』っていうのよ、だから、わたしいやで仕方がないけど習っているのよ。でもねわたしほんとうはピアノなんかより洋裁がならいたいのよ。わたし、田舎のおばあさんの家にいたとき、大きくなったら洋裁屋さんになろうと思っていたの」

なんというむじゃきな希望であろう。わたしはそのせつな、喜美子嬢に気持がそうとう近づいて行った。

片岡家が、どんな成りあがりであろうとも、その娘の喜美子嬢が、すこしもへんに気どったり富をほこったりしないで、かくも無邪気なんだもの、だれでも好意を持たずにはいられない。

「わたしここへお引越してきたとき、ピアノよりミシンがおいてあればいいと思ったのよ」

喜美子嬢の願いはそれだったのか。ああしかし相憎、わたしの家でもピアノよりミシンのほうが生活上ひつようかも知れないとされて、あの小さい家に持って行ってしまったのだもの。

だがわたしはすぐ言った。

「もし、ミシンがお使いになりたかったら、わたしのうちへ、それこそご遠慮なくいらしってちょうだい、そのかわり、わたしももしかしてピアノが弾きたくなったら、お宅へうかがうわ」

なかなかそれは好い考えだと思った。すると喜美子嬢は、首をふって、

「どうもありがとう。でもわたし、ミシンついこの間買ったのよ、だからもう、いつでも使えるの、まだ洋裁はろくに習ってないから、ちっとも好いもの縫えないけれど、いまわたし、じぶんのシミーズ縫っているの。あがって見てちょうだい、わたし、前からミシン欲しかったから、とてもうれしいのよ」

愛すべき無邪気な喜美子嬢にとっては、わたしの置いてきたピアノより、一台のミシンのほうが貴重だったのだ。そしてわたしに、そのミシンを見せて自慢したいのだ。わたしは、彼女の望むままに、そのミシンを拝見するのが礼儀だと思ったから、縁にあがった。

喜美子嬢はわたしを案内しながら、

「ミシンは、いまとても高いんですってね、新しいのはないから古いの買ったのよ、でも舶来の上等よ」

そんなことを得意になって説明して、前にわたしたちのうちでも、かつてミシンを据えておいたミシン台を置いてあったりした板敷の小部屋にはいった。

なるほど、その窓ぎわに一台の中古のミシンがおいてあって、縫いかけのシミーズの白い布が春の日を受けてだらりと下がっていた。

「ね、とても具合の好いミシンよ」

とうれしそうに、その前にすわって、いかに自分がミシンを使うことが上手かと、足をふんでみせてミシンをまわすのだった。

カタカタカタカタ、ミシンは鳴って、縫ってゆく。なるほど、あのまずいピアノよりは、はるかに上手なミシンの使い方だった。

わたしはほおえましく、この光景を見ているうちに、ミシン置のうえにおいてあった小さい鋏が、喜美子嬢の肱にさわって、カタリと下に落ちた。

わたしはそれを拾いあげようと、ミシン台の下にかがんだ。ちょうど頭をミシン台の下に入れて拾わねばならぬような位置に鋏があったので、わたしは頭をあげるとき、コツンとミシン台で頭を打った。

「おお痛い！」

と、おどけて、首をすくめながら、身を起こそうとしたとき、わたしの眼に思いもかけぬものがはいった。

それはなんと、そのミシン台の裏に押してある長方形の烙印だった…その烙印は、わたしの女学校の校名を記した烙印で、それが、学校の備品であることを証明しているものである。

それこそ、あの冬休みのあと、学校に起きたミシン盗難事件、そのとき盗まれた幾台ものミシンのひとつに違いなかった。

わたしは思わず「あッ！」と声をあげた。

「どうしたの？」

喜美子さんはびっくりしてミシンの手をとめた。

「このミシン、わたしの学校の裁縫室から盗まれたものよ、きっとそれをごぞんじなく、うっかりお宅でお買いになったのね、困ったわ」

そういうわたしの声は少しふるえていたかも知れない……。

第十二章

ミシンの問題のあとをここに書いておこう。

ミシンの問題ではいろいろのことがあったので、このノートにすぐ書けなかったが……。

それをこのノートに改めて書くよりも、わたしが千穂に書いた手紙の文章をここにうつしておこう。

千穂さま、その後いかがですか。わたしはあのあなたの棲んでいるお寺の石だたみを春休みのうちに一度ふんでお訪ねしたいと思いました。でも意外のことのために、その訪問を果たさないでおります。それはお知らせしたいニュースでもありますのでお手紙を書きます。

あなたは覚えていらっしゃるでしょう。あの学校の裁縫室のミシンをたくさん盗まれたことを──ところが、わたしはその一台にゆくりなくも巡りあったのです。どこで巡りあったとお思いになる？　あのわたしのもとの住居だった、いまは片岡家の邸のなかでです。いつかお雛さまにわたしをまねいた喜美子さんが、ピアノを習うよりも、ミシンを習うことが好きで、ミシンを一台買ってお貰いになったのです。そのごじまんのミシンを見せられたとき、わたしはそこにわたしたちの学校の烙印のあるのを発見したのです。わたしはびっくりして、それを喜美子嬢につげました。喜美子嬢は善良な気質の人ですから、びっくりしてそのミシンをわたしたちの学校へ返さなければと言いました。そしてミシンを売った人を調べ、そのミシンがどういう経路で売られたのか警察で調べてもらえば、学校の教育上貴重な備品をぬすむような悪質などろぼうを捕えることができると思いました。わたしは思いがけず、学校のために役立つことができると喜んでいたのですが──ところがどうでしょう、その翌日熱海から帰った片岡家の奥さん、つまり喜美子さんの二度目のおかあさんは、それに大反対をとなえるのです、奥さんは、「たとえ、どろぼうが盗んだものであろうと、なんであろうとこのミシンは正当な高いお金をはらったものであるから、じぶんの家はけっして疚しくない、高いお金を払って買ったものを、学校へ返すなどとはばからしい」という理由で、そのミシンを学校にもどすことを拒絶なさるのです。でも喜美子さんはこのおかあさんの言われることはまちがいであるとし、あくまでそのミシンは学校へ返し、わたしから、それを学校へとどけるようにと申します。しかし喜美子さんのおかあさんは、どこまでも返さないと言いはるにちがいありません。わたしは困って、うちの母に相談いたしました。悪意のない第三者がそういう盗品を買いとったときは、それをその第三者からただで取り返すということはないのだそうです。ですから片岡さんでミシンをただ取りあげられるということはないから、ともかくも学校へお知らせしたほうがよいだろうと申します、わたしは休暇中でしたが、学校へでかけて、それを知らせに行かねばなりませんでした。日直の先生がわたしの報告をおききになって、学校がわから片岡家へ問いあわせにこられ、警察にも届出てそちらの方からもいろいろ問いあわせがあったようです。一台は発見されても、外へも、こうして方々に売られているのかも知れませんが、いずれは発見されてミシンは学校へかえるようになると思います。でも片岡家の奥さんは、それいらいわたしをうらんでいらして、喜美子さんにもわたしと口をきいてもいけないと言われるそうですが、喜美子さんは、そういうお母さんのまちがっていることを知っています。あのひとはいい人でした、わたしは片岡家の奥さんににくまれても正義への義務として行なったことは仕方がないと堪えてゆこうと思っています。

千穂さん、あなたがおなじ立場に立たれたらわたしとおなじようになすったでしょうね、いかがですか。もう春の休暇はおわります。学校でおめにかかりましょうね。でもそれまでにいちどわたしの家へいらしっていただけたらどんなにうれしいでしょう。わたしはミシンのことでうろろしたせいか、春の風邪をひいて、しばらく外出しないほうがいいと言われますので。

この手紙がとどいたか届かないかに、早くも速達便が千穂からきた。

お手紙拝見しました。お風邪どうぞおだいじになすってね。ミシンがみつかりました由、なによりですわね、おっしゃるまでもなく、あなたのなすったことは正当です。――しかし何という皮肉でしょう。あの学校のミシンが片岡家に出現したとは――しかしピアノよりミシンを愛す喜美子さんはわたしも気にいりました。あなたとおなじように。さて、わたしもぜひあなたにお知らせしたいニュースがございます。それは、いつかわたしのところにいらしったときアルバムの写真おめにかけたわたしの従兄が、去年の最後のソ連の復員船（春の凍結のとけるまでは止めになるので）で、ぶじに帰っていたのでございます。北海道へ着くとすぐ、病臥するようなことになり、東京へやっと連絡してもらってわかったのが、母の死と家の焼失で、予期しないことではなかったにしても、それが従兄にとってどんなに手ひどい打撃だったか、なかなか病臥から立ちあがることもできなかったらしいのです。ただひとつの近い身寄りであるわたしたちの消息も、ぶじ北京から引きあげてきたかどうかもわからず、いぜんにわたしたちが送った便りは、どういうわけか手にはいっていず、ずいぶん長いあいだ、絶望や不安や病気とたたかったあげく、やっと上京して、母の菩提寺というこの寺に詣でたのが、五日まえでした。がそこではからずもこの寺に身を寄せているわたしたちのことを住職からきき、飛びこむようにあなたのごぞんじのあの部屋にはいってきました。

父もわたしもちょうどおりました。わたしはあなたからいただいたあの矢がすりの着物に着かえておりました。あなたから頂いたあの着物は、従兄に巡りあえた日の幸福な着物になりました。いま、従兄はこのせまい部屋にわたしたちといっしょに暮らしております。身寄りのない三羽の鳥が一つのねぐらにいるように……。

ともかく、たしかに従兄が帰らなかった日よりも、おたがいが幸福な気がいたします。いずれおめにかかってお話いたしますが、このことをあなたに真先にお友だちとしてお知らせしたかったのでございます。

これが千穂の手紙だったのだ、わたしが学校のミシンを発見した以上のニュースである。

第十三章

わたしの持っている青いノート、だいぶ字を書きこんだけれども、まだ余白のページがたくさんある、みればみるほど近ごろめずらしい、いいノートだ、どうかこのノートにふさわしい文字だけを書きのこしておきたいと思う。それでなくては、元の持主だった亡くなったお兄さまに申しわけないのだもの。

お兄さまといえば、わたしたちはこのお彼岸に、お兄さまのお墓にお詣りをした、今日そのことをここに書いておこう。

お兄さまのお墓は多摩墓地にある。お兄さまは戦死なすったけれど、もともと医学者で、ただ戦さのために徴用されたようなものだから、軍人の肩書としては、大将でも中将でもないから、ただ医学士として、おとうさまの子として、わたしの家の先祖の墓地のなかに、小さな墓になっていらっしゃる。

わたしたちが省線電車の小金井へ降りて、いつものバスをと思ったが、見あたらないので、すこし遠かったけれども勇敢にあるいて行った。しかしお彼岸の郊外散歩だと思えば、それほどでもない、ただお母さまにとっては、そうとう身にこたえていらっしゃるらしく、ずいぶん時間がかかった。

わたしはやっとお兄さまの墓地のまえに達したとき、驚くべきものを発見した。それは、わたしたちより先にお兄さまの許嫁だった由紀子さんが到着していて、もうお墓の掃除もすみ、雪やなぎだの椿だの黄水仙だの、ごじぶんのお家の庭から取っていらしったお花を花立に挿していてくだすったことだった。

わたしたちは、そこでひさしぶりで由紀子さんに巡りあったわけだった。しかも由紀子さんはきりりとした洋装で、自転車にのって三鷹のお家から、朝早くここまでいらしったのだとうかがった。どうりで、わたしたちは駅でも逢わなかったのだ。

お兄さまも亡くなった後まで、まだ婚約中で結婚しなかった由紀子さんが、自転車にのって、こうしてお花を持ってお墓詣りをわすれていらっしゃらないことを思うと、その点お仕合せだと思った。わたしたちはお兄さまのお墓のまえで、薄い春の日を浴びながら、しばらくお話をした。

由紀子さんは近ごろ、ある事務所へ通いはじめていらっしゃるのだった。由紀子さんの英語がたいへん役に立って、気持よく働けるのだとおっしゃった。

わたしたちは墓地をでて、そこからいっしょに帰りかけた。由紀子さんは自転車に乗れるのにわたしたちといっしょに自転車を押してあるかれた。

「百合ちゃんを自転車のうしろにのせて走りたいけれど、規則がやかましいから出来ないわ」と由紀子さんは笑った。

そこへ空車のタクシーが通った。とても汚れたボロ車だったけれど、地獄で仏にあったようなもので、戦争前とちがってその車をとりにがしたら、あと一日待ってもないかも知れないから、それにのせて貰うことにした。

「そのうち、お伺いいたします」

と由紀子さんは、わたしたちに挨拶された。そして、そのままわたしたちの車にそうてしばらく自転車を走らせて、車の窓のなかのわたしに、ほおえみかけていらっしったが、さすがにボロの自動車でも自動車のほうが早いと見え、やがて由紀子さんの姿が、だんだん後にとりのこされて、ほんとに名ごりおしかった。

「由紀さんのようなお嬢さんも、もうこの時代は、働きにお出になるようになりましたね」

おかあさまは、しみじみと亡き息子の許嫁だった娘の変化をお考えになったらしい。

「新円生活では、あの家もたいへんだろう、いいさ、由紀子がはたらいて生活するのも、もういまではどんな娘でも、有閑生活をしているときではないからね、みんな正しく働くことがいいのだ」

そうおっしゃったお父さまも、謡などおうたいになるひまもないほど忙しく、もいちど何か世の中に役立つことに働きたいようなごようすだった。

そのうち、車の窓にポツリポツリと雨雫がかかってきた。

さっきまでお天気だったのが、きゅうにくもって、にわかに小雨となってきたのである。春の時雨《しぐれ》というのであろうか、それとも春雨なのであろうか。

わたしたちの立ち去ったのち、お兄さまの墓石が、その春の時雨にしっとりとぬれていることを想像した。また、その墓石の主と、かつて許嫁だった美しい由紀子さんが、いま自転車で春の時雨のなかを走りぬいてゆく姿を想像した。

なにかそれは、この人の世のひとときの美しくまた悲しい絵のような気がした。

第十四章

わたしは学校で今日千穂にあった。新学期が開始されたのである。

この学校は自由募集なので、わたしたち女生徒ばかりだが、同級のひとの妹の行っている学校では、男女共学が始まるのだという話だった。

女学校の庭に、男の子がはいってきて、フットボールやテニスをいっしょにしたら、きっと男の子のお行儀が、よくなるだろうと、みんなの意見だった。

千穂は、わたしに、帰ってきた従兄の話をした。

「あなたの戦死なすったお兄さまとおなじなのよ、帝大の医科を出るとすぐ出征したんですって。ぶじ帰ってこられたから、これから研究室にはいって、博士論文のテーマを見つけて勉強するんですって」

そう言われたとき、お兄さまも千穂の従兄のように、ぶじに帰っていらっしゃられたのだったらと、ちょっとうらやましかった。

でも返らぬ愚痴はやめよう。それより引揚邦人の気のどくな千穂に、そういう従兄のぶじ出現したことを、心から祝福してあげねばならない。

それから千穂は、また自分たちの幸福をつげた。それは物質的なことではあったけれど、千穂のために、実に明かるい希望が生じたと思った。

それは千穂の伯母さまが残していったダイヤモンドのことだった、千穂の伯母さまは、前からたいへん宝石が好きで、いろいろ持っていらしったのだという。

家も焼け、伯母さまも亡くなってしまったが、その息子の従兄が帰還し、かねて伯母さまが、ある銀行の地下室の保護金庫の一函を契約して、そこに重要書類や宝石などもあずけてあったことを知っており、代理人として従兄がその出しいれに行ったこともあるので、たぶん、そこにまだ何か母の物が残っているにちがいないと思い、銀行へ行って調べもし、千穂のおとうさまにも手つだってもらって、いろいろな手続きもすまして、やっとその銀行の保護函をあけることができた。

伯母さまが、ほとんど全財産をそれに投入しておられた、いくつかのダイヤモンドが発見されいくらかの有価証券のたぐいと一通の遺言状が、函の底からでてきた。伯母さまは空襲がはじまると、息子は出征中であり、万一の際をおもんばかって、そういうものを用意してお置きになったのであろう。

千穂の従兄——千穂はその従兄の名を睦男さんとおしえてくれた。その睦男さんが千穂のおとうさまと立会で、その遺言状を開封してみたら、八粒のダイヤモンドのうち大きい四カラットぐらいのもの五個を、ひとり息子の睦男さんにのこし、三カラットから二カラットぐらいのあとの三個を、千穂がお嫁にゆくときの贈り物にすると書いてあったのであった。

「ダイヤモンド一カラットって、どの位するものでしょう」

わたしは千穂にたずねた。うちのお母さまも、まえに指輪を持っていらしったが、戦時中なにか献金にかえておしまいになったので、わたしは知らない。

「わたしは宝石のことはよく知らないけど、石屋に見せたら、いま一カラット十五、六万円もするんですって、伯母さまのお残しになった、いちばん大きいのはエメラルドカットって、とてもいい粒なんですって」

むぞうさにいう千穂の言葉に、さすがにわたしは驚嘆した。

戦争のとき、人間の命はあんなに粗末にあつかわれていた。うちのお兄さまなど、これから人生のために役立つ青年たちが、どんどん命を失わされてしまった。そして日本は敗けた。なんという乱暴な国民の命の乱費であろう。その若者たちの命を束にしても、なんの価値もないかのように扱われるに反し、いまあの透明で光る小指のさきほどもない小さい宝石のひとつが、五、六十万円もするとは、人間と宝石とくらべて、どちらが貴いのかしら。

なんだかわたしはわけがわからなくなって悲しくなった。

でも千穂や一族のためには必要だった物質が、それで与えられるのは、やはり神さまの摂理かも知れない、千穂のような美しい娘が、あんまり貧乏で痛めつけられているのは、いたいたしくかなしすぎるから——

千穂はさらにわたしにつげた。

「睦男さんは、そのお金で病院を建て、まずしい人たちが安心して医療を受けられるようにしたいというのよ、でも、それには、まだしばらく病院で実地に研究しなければいけないんですって」

わたしはそれを聞いて、ダイヤモンドも、そうしたよい意志を持った青年の手にわたるならば世の中のためになると思ってほっとした。

家へ帰って、わたしは父にも母にもこの話をした。

「この頃そんなにダイヤモンドって高いの？」

って、おかあさまはびっくりしていらしった、そして、

「わたしはああいう装飾品がきらいで、ちっとも欲しいとは思わなかったけれど、いろいろ慾ばっておとうさまに買っておいていただくと、助かったのねえ」

淡泊にお笑いになった。

「ダイヤモンドは数がすくない宝石だから、人がこれを貴いと思うのだ、そのうちどこかの山で石炭のように、ざくざく出るようにでもなれば、それは、又やすい値になるよ」

おとうさまは笑っていらしった。

ひとのことを羨ましがらないのが、わたしの家の家風なのであろう、また千穂のための幸福をおかあさまも喜んでいてくだすったようだった。

そこへゆくと、わたしのうちにダイヤモンドもないから、家を売ったり屏風を売ったり、そして小さい家へ越して、ひっそり暮らしている。

お兄さまの許婚だった由紀子さんのお家も、由紀子さんが、いまでは働きに出て、やっぱり、つつましく暮らしていらっしゃるのだった。

その夜は――あらしのような春雨の音に寝ざめがちの夜だった。

第十五章

ミシンのことを書いておこう。

あの盗まれた学校のミシンは、そのひとつを片岡家で買っていたのをわたしがぐうぜん発見して、学校へ報告したのが動機となって、そのミシンどろぼうがあげられた、その点わたしは功労者としておほめにあずかった。

そののちほうぼうに売られていたミシンが、だんだん探し出されて、学校の裁縫室へかえってきた。

　ミシン自身もさぞ安心したことであろう。

　ところが最初発見された片岡家のミシンだけは、なかなか返ってこない――片岡家の奥さんががんばってしまって、学校からの買いもどしに応じないのだという。

　わたしたちへのなにかの誤解が、そんなにも片岡家の奥さんを片いじにさせ、わからずやにさせている原因のひとつではないかと、わたしはかなしい気持になったけれど、でも「義を見てせざるは勇なきなり」と言っていいかどうか、ともかく、義務を回避するのは卑怯なのだから、わたしとしてはしなければならなかったことをしただけで、けっして功労者として賞めていただくことを期待したわけではないのだからと、じぶんを慰め勇気づけていた。

　しかし、とうとう、警察が仲にはいることになり、いろいろ交渉のあるうちに、片岡夫人のなにかのことばの端から、片岡家にとっては、たいへん不幸なことが生じた。

　それは片岡家のご主人が、たいへんな隠匿物資のブローカーをしていることがわかったのだ。

　つまり片岡家というのは終戦成金だったのである。そのことについて、わたしには委しくはわからないのだけれど、おとうさまのお話をうかがうと、ざっとこんなことだった。

　終戦とうじ、軍の人たちが、不心得にあわてて、軍需品のたくさん貯蔵してあったものを、めちゃくちゃに、情実で、勝手に払いさげて処分してしまった。そのとき、片岡家の主人のようなひとが、それを安く手にいれて、それを闇の値で高く売りだして、それで巨万の利得を得ていたのである。もしそうした国民の生活にも必要だった、たくさんの軍需品が、国民に適正にわかちあたえられるような手段を講じていたら、日本はこんなにインフレにもならず、国民は幸福だったのである。おとうさまはそれをたいへん歎いていらしった。

片岡家の主人は国民を不幸にして、じぶんだけ利得を占めたような商人だし、そのやり方にもいろいろ不正な手段があり、とうぜん罰せらるべきだったそうである。

片岡家の手によってかくされた、隠匿物資というものが、いろいろな倉庫から、みな摘発され片岡家のいままでの利得についても調べられて、この終戦成金も、こくこく没落しなければならなくなったのである。おもえば片岡夫人が一台のミシンを学校に返すのをおしんだため、そんな大きな罪悪が発見されたとは——われらの見えざるところに、いつでも神のみ手がとどいているのであろうか。

片岡家の邸のなかは、この二、三日たいへんごたごたしている。いずれにせよ、わたしの家で関係したことではないが……

きょううちへ帰るとき、片岡さんの門のまえをとおりながら、ふと、この家に起きた事件を思い出し、門柱を見あげたら、表札はもう取られてなかった、そして門はしまっていた。

わたしの小さい家にかえると、玄関の入口に見おぼえのあるお雛さまの大きい箱がおいてあった。それは片岡さんにあの邸を売るとき、いっしょにつけてきたお雛さま、この三月三日に千穂といっしょに片岡さんの喜美子さんに呼ばれて、すでにひとの家の雛となった雛壇のまえでお節句をした思い出のおひなさまだった。

「おかあさま、これどうしたんですの?」

とうかがうと、おかあさんは沈んだ声でおっしゃった。

「片岡さんでは、きょうお引越になったのですよ、あんなことがあったので、とうとうお家も売り払いになるそうでね、喜美子さんがこのお雛さまはお宅の百合子さんにお返ししますから差しあげてくださいって、さっき、それについていらしったのですよ、ほんとうにあの娘さんは気だての好い娘さんだったのに、なんだかお気のどくねえ……」

ああ、あの喜美子さんが、このお雛さまがわたしの物だったのを思い出して、お別れに際してわたしの手にもどして行ったのかと思ったら、なんとも言えない気持になってしまった。

ちょっとでも喜美子さんに会ってあいさつしたいし、よろこんでこのお雛さまは、その人の思い出のためにも、わたしの手もとにだいじにしておきますと伝えたかったけれど、もう今日すでに、どこへとも言わずに、自動車で立ち去ってしまったというから仕方がない。きっとその自動車も売るのかもしれない。

じつにさまざまの運命にあった、おひなさまだと思った。雛人形もさぞおどろいているであろう。

植木屋の佐吉じいやが、片岡家の引越したあとの掃除にきて、うちのおかあさまに言ったことには、あの家がこんど売られるについては、うちのおとうさまが、片岡家にゆずった値段の倍の値段になっているということだった。没落したと言っても喜美子さんたちが、すぐ生活に困ったりするわけではないにちがいない。

しかし、わたしたちの住んでいた家が、いちど人に身売りされ、また次に売物になるのかと思うと感慨無量だった。

わたしは空家になったその家の庭を、夕方ひとりであるいてみた。

裏木戸の近くにあった桜、ずいぶんこれも年数を経たのがさびしげに、主なき家の庭に散りはてていた。

もう一本の八重桜が、たわわに咲いていた。夕風に淋しくその葩《はなびら》をそよがせていた。めまぐるしい人の世のうつりかわり、わたしは自分が少女の日に、こうしたいろいろな、まるで映画のフィルムの一こま一こまのように変ってゆくのを見ようとは、なんだかふしぎな気がした。

たそがれの色は、だんだん庭にこくなり、池の泉水の岩のしたたりの音が、その静かさをやぶって、わたしの耳に聞こえた。

わたしはその時、ふとゲーテの詩を思い出した。いきなりゲーテなどという偉い詩人の詩を持ち出すなんておかしいが、それはお兄さま愛読書のゲーテ全集のなかをのぞいたとき見おぼえたものだ。それをここに書きつけておこう。

天と地のあいだにただよいつつ
わたしは悦びの眼を投げて
世のさまざまの眺めをたのしみ
水色の大気のなかによみがえる。

昼間は遠くの青い山が
わたしの渇望の眼をひくとき
夜は数知れぬ星かげが
わたしの頭上に燃えるとき。

昼は昼とて、夜は夜とて
わたしはたたえる、人間の運命を。
人間は永遠にただしい考えをもち
永遠に美しく偉大ゆえ！

翌日学校へ行って、片岡家の没落の話と、喜美子嬢がわたしにお雛さまをおくってくれたことをつげた。

千穂はだまって聞いていたが、おひなさまの話はいままで、どんな時にもめったにセンチメンタルな表情を示したことのない千穂の眼に、なにか愁いをふくませたようだった。

第十六章

わたしの青いノートは、ますますふしぎな事件をここに書きださねばならない。

それは、今日わたしが、学校へ行っている留守に、千穂のおとうさんと従兄の睦男さんが、うちのおとうさまを訪問してきたことだった。

わたしは学校から帰って、そのいっさいを聞いて、ほんとうにおどろいた。でもよく考えると自然のなりゆきかも知れない。

千穂のおとうさまは、睦男さんのおかあさまの残したダイヤモンドをお金にかえ、これを資本にして、今いちど貿易の事業をなさりたいご希望で、睦男さんもむろん賛成し助力するつもりなのだ。

これから日本が貿易をゆるされるようになれば、日本人が戦争で、さんざん恥をかいた不名誉をとり返すためにも、信用のある商品を輸出せねばならぬと思うと、いままでのような日本の商人の不誠意な取引ではいけない、やはりなにをするにも、人間の精神がひつようなのだから、じぶんたちはその決心でやってゆきたい。

それについては、百合子のおとうさまにもその仲間にはいってもらって、いっしょにやってゆきたいという意見だった。

うちのおとうさまは、政府のお役人だったけれども、そういう方面のお仕事にも関係があり、おとうさまのお考えや信用や経験を、その仕事に役立てていただきたいというお気持で会いにいらしったという。

千穂が、わたしの今まで折にふれて話した、いろいろなことばの端から、うちのおとうさまについての知識を、じぶんのおとうさまにお話したのだと思う。

おとうさまは「百合子のおかげで、わたしが就職するようになるかな」とお笑いになったけれど、なんだかお元気になったような気がする。

もうひとつ千穂のおとうさまたちは、片岡家の邸が売物になっていることを知って、（おそらくこれも千穂が話したのであろう）それを買いたい意向だったという。

あのお寺の一室では、千穂たち三人の生活は、さぞふじゆうだったろうと思われる。

片岡家の売家を千穂のおとうさんや睦男さんが買うということは、むろんそのひとびとの自由にまかせるべきことだが、事業のほうの相談は、おとうさまと千穂のおとうさまとが、なんどもあって相談をかさねる必要があるので、これからも、たびたびお逢いになるお約束だとのことである。

千穂とわたしの学校での交際が、とうとうそこまで発展してしまったのである。なんというふしぎな縁であろう。

その原因は、むろん千穂が、おとうさまや従兄を説いてすすめたのだと思う。

わたしは千穂を引揚邦人の娘として、同情していたけれど、千穂のほうでこそ、わたしの家をひそかに同情していてくれたのではなかろうか。

おたがいに自分たちのことをわすれて、ひとのことを幸福にしたいと心配しあったけっか、こうなったのであろうか。

わたしは学校で千穂の顔を見るなり、いつの間にか、千穂のおとうさまと、うちのおとうさまとをむすびつけたことをおどろいたように話した。

千穂は困ったようにこう言った。

「でもね、うちのおとうさまは、資本がたとえ出来たとしても、人間がいちばん大事だ、仕事は人がだいじだからと考えていらしたのよ、そしてわたしが、いつもあなたのことをお話するでしょう、あなたのお家のことも——あなたのようなお嬢さんのおとうさまを、だんだん信用するようになったのでしょう。すこし出過ぎたことだったかしら、ごめんなさいね」

と、わびるのだった。

「あの片岡さんの家を高くお買いになるの?」

とわたしが言ったら、

「あなたの戦死なすったお兄さまの勉強部屋のあるお家ときいたら、従兄が、できれば自分が、そのお部屋を受けつぎたいと言いだしたのよ、じぶんもやはり医学生だったでしょう、とても同情して——医学者にしてはすこしセンチメンタルね」

と笑った。

わたしの家で、千穂とおとうさまと睦男さんをある日の晩のご飯におまねきした。

お料理はなんにもなかった。ただ大事にとってあった油で、おかあさまが天ぷらをなすっただけ、あとは野菜の簡素な食卓だった。

でも、こんな楽しいお食事は、引揚後はじめてだったと、千穂も、千穂のおとうさまもたいへん喜んでくだすった。

おかあさまは睦男さんを見て、亡くなったお兄さんにどこか似ているとさえ言い出した。

みんな夢中になって、ひとつの親愛感にとけあうのに一生けんめいだった。

「娘どうしの交際が、ここまできましたか」

と、娘の父親どうしがおたがいに驚嘆した表情を見せたりした。

その晩、わたしたちは佐吉じいやの留守番をしているあの大きい家へ行って、お座敷中を、千穂のおとうさまや睦男さんに見せた。

千穂のおとうさまは、

「これは大きい家だ、あなた方もごいっしょにお棲みになりませんか。たれの家でもない共同の家にしましょう」

と言い出した。

しかし、おとうさまは固く辞退なすった。じぶんたちはあの家でたくさんだとおっしゃるのであった、わたしもそれは賛成である。

一旦売った人の家へ、人の情でもどろうとは思わない、どんなに運命の変化があっても、誇りを失わないでいたいと思う。片岡さんのようないわば教養のない不正な手段でお金をもうけた人に住んでもらうより、千穂たちのようなひとびとに住んでもらう方が、どんなに似合わしいかも知れない、その点はおかあさまも喜んでいらしった。

千穂のおとうさまのお話によると、あの片岡夫婦は、いつか千穂の言ったように北京でも千穂の家に出いりして、よからぬことのあったその同じ人にちがいないということであった。

わたしは、二階のお兄さまのお部屋へ、千穂たちを案内した。

「このお部屋で、睦男さんは、百合子さんのお兄さまのように勉強なさるのでしょう」

と千穂は部屋のなかを見まわして言った。

「そうなれば、さぞかし死んだ百合子の兄もよろこびましょう」

と、おかあさまは涙ぐんでおっしゃった。

わたしはそのとき思った。もしそうなったらわたしの今の勉強机、兄の形見のお机をこの睦男さんに贈り物にしてもいいと。

わたしはその大きな机を、わたしの今の小さな部屋にはこびいれ、いつかお兄さまの残していらしった博士論文をひきつごうと心にちかったのだけれど、それはなにしろあまり遠い先のことだから、少々心ぼそくなっていた。

第十七章

千穂たちはやがて、庭つづきのあの大きな家に引越してきた。

だが、千穂たちがその大きな家ぜんたいを使うのではなかった。二階のお兄さまの部屋は睦男さんの居室、下の座敷二間を千穂とおとうさまの部屋、あとの座敷や部屋ぜんたいは、千穂のおとうさまが北京で知っていて、いっしょに引揚げてきた気のどくな引揚邦人の家族にぜんぶ開放して、ただで貸されるものだった。

こうして家中ぜんたいは、幾家族もの棲家となって、それはにぎやかだった。

各家族の女のひとたちが交代で、台所で炊事をして、女中などを使うひつようもなかった。

「じつに心がけのいい感心なひとだ」

とおとうさまは、千穂のおとうさまや睦男さんに感服して、千穂のおとうさまからお申出のあった一緒にやろうという貿易の事業を一生けんめいになさろうと決心なさった。

千穂のおばさまの残されたダイヤモンド幾粒も、こうして、人間をたすける美しき宝石となったわけだった。

それは心のうちに、この宝石よりも美しい光りを持ったひとの手にわたったからこそ、そうなり得たのであろう。

千穂のおとうさまと、うちのおとうさまのなさる貿易の仕事のうえに、千穂がおばさまからゆずられたダイヤモンドをぜんぶ投資したのだという。

千穂はその宝石をおしげなく手ばなして、あとに見えない宝石のような光りで人の心をむすびつけようと考えたのだと思う。

うちのおとうさまはおっしゃった。

「わたしは金で出資できぬから、まごころを出資しよう！」

もう葉ざくらの気候になった。

千穂たちの家の庭には、ぼたんの幾株かが咲いた。わたしたちの小さい家と千穂の庭とを区ぎった竹垣はとりはらわれて、庭も共通になった。

裏口のほうは、千穂の家に同居している引揚家族の手で、りっぱな菜園になって行った。

いまに、トマトや胡瓜やなすができるとおもう。みんなにそれもわけるのだ、わたしも千穂も学校から帰ると、その菜園を手つだう、うちのおかあさままで出動する。

引揚邦人の幾家族かの小さい子供たちは庭先にあそんでいる。まるで幼稚園のようだ。

千穂とわたしとは、ときどき日曜日には幼稚園の保姆《ほぼ》のかわりをして遊ばせる。子供たちに童謡をおしえるために、この家にのこしてきたピアノをひさしぶりで弾いた。わたしたちの売ってきた家のピアノも、こうして初めてたくさんの人たちに役立つことができたのだ。うちのピアノも売ったことが、かえって世に役立つことになった。こう思うと、前にかなしかったことが、喜びにさえ思われる。

日曜日に由紀子さんが訪問してきた。

いつかお墓のまえであっていらい、わたしたちは会うのだった。

わたしたちはいろいろお話しあった。

お兄さまの戦死に由紀子さんの花嫁となる日を永遠にほうむったような気がして、わたしたちは由紀子さんに、どうして上げていいのかわからないでいたのだが、由紀子さんが、そうした運命にまけずに、おおしく生活を保ってはたらいていらっしゃるので、ほっとする気持だった。

わたしたちは由紀子さんを夕方まで引きとめて、千穂さんの家にもつれてゆき、みんなに紹介した。

由紀子さんはお兄さまの学生時代からきた家に、ひさしぶりではいって、なつかしくかなしいようにしんみりとしていらしった。もうこの家は二度も人手にわたった家だけれども……。

わたしは由紀子さんがお兄さまの勉強部屋だったところへ行ってみたかろうと思ってお二階へ

案内した。

睦男さんが、そこでわたしが贈り物にしたお兄さまのテーブルのうえで勉強していらしった。もう千穂たちのことは、よく由紀子さんに説明してきたので、睦男さんが、お兄さまとおなじような若い医学者であることも知っていた。

睦男さんと由紀子さんは初対面のあいさつをされた。

お兄さまの部屋、お兄さまの机、きっと由紀子さんには、さまざまの感情がわき出たことと思う。

由紀子さんはまもなく帰ってゆかれた。時間がおそくなったので、電車道まで、千穂とわたしと、それに睦男さんが護衛について送って行った。

その晩、おかあさまがおとうさまにこんな話をしていらっしゃるのをわたしは聞いた。

「由紀さんも、あのままでは、かわいそうですよ。いつまでもお勤めもさせてはおけますまい、どうでしょう、わたしたちが媒酌して、そのころ睦男さんの奥さんに由紀さんをお世話してあげたら」

わたしはそれを傍で聞いたしゅんかん、胸がしいんとした。

亡くなったお兄さまは、いくら歎いても、ふたたび帰ってはこられないのだ。せめて残された由紀子さんを、この亡き息子への思い出のためにも、倖せな奥さまにしてあげたいというおかあさまのお心のなかにはきっと、悲しいあたたかさがこもっているのであろう。

ほんとうにもしそうなったら、さまざまの不幸な運命を、よりよく生かせることになるのかも知れない。

わたしは千穂に、そっとこのことを耳打ちしてやりたいような気がした。しかし黙っていようこういうことはデリケートな問題だから。

これから後、どうなるかはわたしは知らない。

だが、わたしたちは、戦争後、不幸のなかから立ちあがって、おいおいに平静な生活をとりもどして行っていると思う。千穂の家庭と同じように――。

その晩、わたしは寝るまえ、窓をしめる前に、庭のほうを見た、月がさしていた、溢れるように庭の木々を月の光りがすべっていた……。

少年

母の手記

その一

桂子。おかあさんがあなたに言葉で語るよりも、こうした文字の形によるのは、言葉というものは空気のなかの塵のように、つかのまに消えていってしまい、そしてどんなに意味の深い、言葉であっても、それを同じ感じで、二度くり返すというのはむずかしいものです。

おかあさんがこうして桂子に話したいことを字に残しておくのは、桂子、あなたがどんな時でも、おかあさんの言ったことを思い出そうとしたときには、努力なしにすぐその言葉をさがし出すことのできるようにと思ったからです。

しかもあなたへこうした長い手記を書こうと思い立ったのは、もしかしたらおかあさんは、あなたをはなれて生活が始まるかも知れない、あの問題が起きてからです。

桂子。あなたをおかあさんが生んだとき、あなたという赤ん坊によって、おかあさんは初めて母というものになったのでした。

おかあさんはやがて母になるということが、はっきりわかったとき、じぶんの身体のなかにやどした影のようなもので、まだその姿がはっきりと母自身も見ることのできない、母の胎内の未来のわが子が、男の子か女の子かということはもとよりわかるはずはなかったのですが、ひそかに男の子がいいとおかあさんは思ったのです。

なぜでしょう、世の中には多くのばあい、ことに日本では男を尊敬し、女をそう価値高く思わなかった習慣からも、やたらに男の子の生まれることを歓迎する家庭の多いことは事実です。その理由はたいていのばあい、家の跡とりができたという喜び、跡とりは男の子が適当だという考えからです。もうひとつは、男の子は大きくなれば大臣や大将になれる（戦争前まで大将ということばは男の子の立身出世の夢の一つでしたからね）と親が思うからです（ほんとうは親の思うようにはゆかず、大臣や大将のかわりに、どろぼうやギャングになるのも多いようですが）ところが女の子は大きくなっても、お金のかかるお嫁入りの支度をさせて、よそへやってしまわなければならない（なかには芸者に売って親がお金をとるのもありますが）という考えから、どうしても女の子よりも男の子のほうがとくだという、いわば親の功利的な考えにあるようです。

けれども桂子、おかあさんが男の子がいいと願ったのは、けっしてそんな跡とりのためとか、女の子供はお嫁にやってしまうからつまらない、とかいう考え方からではありませんでした。そんならなぜ、男の子の生まれることをおかあさんは願ったのでしょうか？　それはこういうわけです。

おかあさんは女の子として育つとき、いつも折にふれこう考えました。

（ああ、男の子に生まれていたらどんなによかったろう）と。

おかあさんは、女学生のスカートをはくよりも、中学生のズボンをはいて金ボタンの制服を着て、かばんをさげて口笛を吹き、犬を連れて歩いてみたかったのです。

なぜでしょうか、漠然とその頃のおかあさんの少女のこころに、少女の世界よりも少年の世界のほうが、たくさん夢があって希望があって、――たとえば少年たちはボートにのって海上にこぎ出して、無人島を発見することもできるかも知れない、また獅子や虎のいるジャングルに猟銃を持ってたんけんに行き、どのような冒険をもおかす事ができる。けれども少女の世界は、少しきどってピアノのおけいこや、長唄や踊りのけいこを親の趣味によってさせられる。それよりもっと実用的にあつかわれるとお台所のおてつだい、あかちゃんのお守なんてことになる。そして二言目には「お嫁に行ったとき困らないためのおけいこです」と言われる。ほんとうにうんざりしますね。

おかあさんと同じクラスのお友だちはこう言いました。

「ほんとうに女の子はつまらないわ、うちでは兄さんたちは、日曜日にはお天気だと野球をしたり雨だと将棋をしたりして遊んでいるのに、わたしばっかりお台所で、おかあさんのお手伝いをさせられるのよ」

わたしはそのお友だちのために同情しました。

でも桂子、あなたも知っているように、おかあさんはひとりっ子でした。おかあさんはおとうさまやおかあさまが心の中で、

（文子が男の子だったら、この家の跡とりにほんとにいいのだが）

と考えていらっしゃるだろうと思うと、ちょっと心がいじけたりひがんだりするようでした。

そのころ、おかあさんの家のとなりの家に男の子がいました。おかあさんより一つ上でした。その少年もひとりっ子でした。

おかあさんのうちでお雛さまをかざって、赤や青のいろのまじった雛あられを作ったり、菱餅や白酒をお雛さまにあげるとき、お客さまに、このとなりの男の子を呼びました、
その少年の名は静夫さんといいました。静夫さんはお雛さまのお客さまにふさわしいおとなしい優しい少年でした。

色の白い眼の大きな背の高い中学生でした。もっと小さい半ズボンをはいていた小学生のときから、ふたりはお友だちでした。

お雛さまのお呼ばれのおかえしに、五月五日の少年の端午の祭り、鯉のぼりを立てる日には静夫さんのお宅で柏餅をたくさんつくって、おかあさんはご馳走になりました。

静夫さんの家の庭には、大きな柿の木がありました。その柿が赤く美しくみのると、静夫さんは猿のように木のうえに登って柿をとりました。その下にざるをもって静夫さんのおとす柿を受けとっていたのは、女の子だったおかあさんでした。

あるとき、おかあさんは街の公園の道で、わんぱく小僧の男の子たちに野良犬をけしかけられて、泣き出しそうになったことがあります。

いったい男の子というものは、なぜか弱い者いじめをする本能がつよいのです。その頃よく女の子をいじめる男の子の多いのをおかあさんは知っていました。

妹をたたく兄さんなど珍しくなかったのです。その公園で、おかあさんが男の子たちの意地わるにぶつかって犬をけしかけられたとき、静夫さんが来て助けてくれたのです。

静夫さんは優しいけれども、そんな時はらんぼうな男の子たちに向かってりっぱな態度で、

「君たちは女の子をいじめたりして野蛮人だね」

と言いました。そしてわたしを自分のうしろにかくすようにして男の子たちに向かって行き、犬を追っぱらったのです。

するといたずら小僧たちは、いかにも静夫さんを馬鹿にしたように「ヤーイ」とはやし立て、

「ヤーイ、男と女の豆炒り――」

と、口々にわめいて、そこをはなれてゆきました。

おかあさんはその時、静夫さんに感謝する気持とどうじに、

(ああ、じぶんも少年になりたい、そして女の子をこういう時助けてやれたらどんなに好いだろう)と考えました。

静夫さんは絵が上手でした。よく日曜日には水彩画のスケッチに、庭へ椅子を持ち出し、画用紙に庭の風景をうつしたり、チューリップだのアヤメだのコスモスだの、なんでも庭の花を四季おりおりに写生していました。

おかあさんもその静夫さんのそばに、椅子を持ってゆき、おなじものをスケッチして形の線を直してもらったり、彩りを教えてもらいました。そういうことで静夫さんはおかあさんにとっておとなりのいい兄さんでした。

静夫さんのおかあさんはそのころの冬、流行性感冒で肺炎になり、亡くなったのです。（いま思えばペニシリンというあのお薬があれば、きっと静夫さんのおかあさんは死なずにすんだのでしょうね）

こうして静夫さんが母のない子になると、おかあさんのおかあさま、あなたにとっておばあさま（今も現在孫のあなたをあんなにかわいがってくださるおばあさま）は、静夫さんを気の毒がってよく世話をしてあげました。静夫さんのおかあさんと、あなたのおばあさまとは長い間おとなりで仲のよい奥さん同志でしたから。

静夫さんは前よりもよく家へ遊びにくるようになりました。学校から帰っても、おかあさんのいない家庭はどんなに寂しかったでしょう。

しかも静夫さんの中学校でその秋に、そのころ行軍と称して軍隊の行軍のまねをした遠足があったのです。静夫さんは身体がそう丈夫でなかったのに、その行軍に参加して一晩露営をして明かしたのだそうです。そのとき静夫さんは体力以上の無理なことをしたために、それが原因で肋膜になりました。そして学校を長いこと休んで、とうとう亡くなってしまったのです。

静夫さんのおとうさんは泣きながら、そのひとり子のなきがらをおさめたお棺の中に、その少年が日頃つかっていた水彩絵具や画筆を入れてやりました。

わたしはお庭に咲き出した黄水仙の花を、みんなつんで静夫さんの胸の上におきました。

こうしておとなりのいい兄さんは、そのおかあさんのお墓のとなりにならんで、小さい石の下に永遠の眠りにはいってしまったのです。

桂子。おかあさんはとしがいもなく、少しセンチメンタルな文章を使っているようですが、きっとおかあさんは、少女のそのころと同じ気分になっているのでしょうね。

おかあさんは静夫さんのお墓によくお参りしました。そのお墓はお寺の本堂から裏山に登ってゆくのです。山にはたくさん木が生えていて、その下にいくつものお墓がありました。

風が吹いて静夫さんのお墓の上に木の実がぱらぱらと落ちて来るのです。わたしはその木の実をひろって静夫さんのお墓の台石の上にあつめて、

「静夫さん、こんなに拾ってあげたわよ」

と、いばりました。

それは静夫さんが小学生のころ、どんぐりや樫の実をひろって、ボールばこに集めていたのを思いだしたからです。

少年というのは、木の実を拾ってあつめたり、かぶとむしを飼育したり、ほんとうにふしぎなものでした。

あなたのおばあさまは、

「静夫さんもおかあさんがいたら、よく看病してもらえたんだろうに、かわいそうだった」と、よく言ってました。少女のわたしにも、おかあさんというものが子供にとって大切なことがわかってきました。

よく女学校で良妻賢母という言葉を先生が口になさるのでしたが、わたしはなんだかそれはお経のもんくのようでいやでした。また、その言葉になんの感動もおぼえませんでした。けれども静夫さんのようにやさしい少年を死なせずにすますのには、母親が必要だったということばには少女のわたしも、感動しました。

そのことばは長く忘れず、桂子、お前のおかあさんになったときも、いつも思い出しました。

その二

桂子。あなたのおかあさんの女学生だった時代と、いまのあなたが現在女学生であるこの時代とは、外面的に見れば、ほんとうに何ともくらべものにならない大変なちがいがありますね。

第一、日本はあんな不幸な戦争をしなかった前と、した後で、どんなにちがうか——戦争があったのは日華事変にひきついでの太平洋戦、あしかけ七年、日本は戦争ばかりしていたみじめなときでした。その九年の時がこんなに日本をひっくり返すように変えてしまったのですから、この変り方は、ふつう平和を守ってきた国が、どんなに変ろうとしても変れない大変化です。あなたは日本が戦争を始めた頃から、やっとものごころついて、そして処女期《おとめき》にはいってからじぶんの国が戦いに負けたという、悲しい大浪の変動にぶつかったわけですね。

ですがおかあさんの女学生のころまでは日本は平和でした。日清日露の戦争の話は、遠い昔の伝説のようになっていました。そしていつも桜の花の咲いているようなのどかな時代だったと、いまからは思われます。

おかあさんはそのころ同じ女学校で、たくさんの少女と五年の月日を送った同級生のなかで、よく記憶に残っている人がふたりいます。

そのひとりのKさんという少女はほんとうに美貌の持主でした。

おかあさんはその美しい人と親しくしたいという気持を持ちました。美しいものにひかれるのは、それが自分とおなじ同性の少女であっても、なにか自分とは別の世界にある美術品のような気がしたのでしょう。

じぶんのお友だちが美しいから嫉妬するなどいう気持は、少女の時代にはないものなのです。大人になると、そういかないかも知れないけれど……。

それからもうひとりのTさんという人は、それは頭のよい誠実な勉強家でした。ただむやみに勉強して、点取り虫のように成績を争う生徒というものは、なんとなく冷たくて利己主義でいやなものですが、その人は聡明で明かるくて、ほんとうにどっか偉大な魂を持っていると、そのときのおかあさんには思えたのです。

ですからこのばあいも、自分より頭のいい人をねたんだりするよりも崇拝に近い気持でした。

Kさんは卒業してから、満州のほうへお嫁に行ったそうです。いまどうしているでしょう。

Tさんは英学塾にはいりました。今きっとおとくいの英語で活躍しているかも知れません。

学校時代のお友だちは、おたがいに結婚したり、住居が変ったりして、おたがいに遠々しくなってゆくものですが、おかあさんが女学校時代から、あるひとつの事で結ばれて、それからずっとその後も交際をつづけているのは、桂子、あなたもおかあさんから聞いて知っているはずの、神田の千代田館のおばさまです。

なぜ、としのちがう千代田館のおばさまと少女のおかあさんが交際を始めたか、あなたには少しは話したことがあると思いますが、ここにくわしく秩序をたててお話しておきましょう。

おかあさんの女学校では、卒業前の秋に修学旅行を毎年しました。でも戦争中から戦争後も交通機関が、すっかり悪くなって、学校旅行もなかなか困難になりました。

桂子などは、その点で不幸だと思います。おかあさんたちのときには、どこへでも貸切車室をつけて貰って行けたのです。費用もごくすこしの毎年の積立金で行けました。お米など持ってゆかないでも宿屋ではたくさん御飯を出しました。

東京の女学校では恐らく京阪――京都や奈良や大阪のほうへ出かけたのでしょうね。

でも関西のあの美しいお城のあった城下町の女学校の生徒だったおかあさんたちは、箱根を越えて東京や日光のほうへ修学旅行にくるのでした。

そのとき、東京に二泊する旅館は、神田の千代田館という宿で、いつもおかあさんの学校の修学旅行の生徒は、ここに泊まるならわしでした。

おかあさんたちの一行は、箱根にとまってそれから東京へはいり、千代田館について翌日、宿から貰ったお弁当を持って市内の見物にでかけました。

二重橋、明治神宮、靖国神社、日比谷公園、上野博物館、たいていの人が見る東京見物のところを先生につれられて、わたしたちは秋の首都の街をあるいたのです。貸切のバスに乗ったりして——。

ところが、その夕方、宿へ着くまえごろからバスの中で、わたしたちは急にお腹が痛くなり、食物を吐いたりしてしまいました。

つきそいの先生方もたいへんあわてて、宿へころがりこむように、みな着くと、すぐに寝せられ、お医者さまを呼びました。

このとき、宿のおかみさんはたいへん心配して、幾人もお医者さまを呼び、看護婦もたのんでみんなの背中をなでたりして、一晩中てつ夜で看病しました。

おおぜいの生徒の発病なので、警察かどこからか調べに来られ、調査したけっか、お昼のお弁当の玉子焼きの中毒だとわかりました。

みなお揃いのものを食べたから、つまり集団中毒ということになったのですね。その中でもおかあさんはひどく身体が弱ってしまいました。

出立する前から修学旅行というので昂奮し、旅行に出てから夜もみんなとはしゃいでおしゃべりをしたり、間食をしたり、すこし疲れすぎていたせいでしょう。一時間の腹痛ぐらいでけろりとしてしまったお友だち多くのなかで、おかあさんの快復が一番あとになりました。

生徒の多くはみな快復して一晩で元気になったので、中止になりかけていた日光行のスケジュールを、もとどおりにして行くことになりました。

けれどもおかあさんひとりは、お医者さまの注意で、まだ寝ていたほうがいいというので行くことができません。

そのために受持の先生が、お残りになることになりました。ですがおかあさんは自分ひとりのために、先生がひとり看護にお残りになるということは、ほんとうにその時つらかったのです。ですから、わたしはもう大丈夫ですから、どうぞ先生はいらしってくださいとお願いしても、先生は責任がおありになるので日光へ行こうとはなさいません。

そのとき初めから生徒たちをよく看護してくれたおばさん、まだ若いきれいな人でした、いちょう返しに結って、滝縞のお召の着物を着て、きりりとしたおかみさんでした、そのおかみさんが、先生や校長先生に、

「柳井文子さんは、たしかにわたしどもがおあずかりして、看護婦さんについて貰って、しっかり看病いたしますから先生方はいらしってください。お医者さまももう大丈夫だとおっしゃるの

ですし、柳井さんも自分のために先生がおのこりになるとすれば、それが又つらくて心苦しくかえって気をもんでいけませんものね」

と、言って、わたしのことをすっかり引受けたと、先生方になんどもくり返したおかげで、先生もやっと安心なすって日光へお立ちになったのです。

その晩、わたしの寝ている部屋には看護婦のほかに、その宿の美しいおかみさんも来てねました。

夜中にふと眼をあけると、おばさんは帯もとらずに、きれいな顔を近づけて、心配そうにわたしのまくらもとに坐っているのでした。

わたしはなんだかおかあさんのようにありがたいと思いました……。

このときの思い出は、おかあさんの運命にまで将来かかわるような糸を引いているので、なおくわしくお話をつづけましょう。

その三

桂子。少女のころ受けた印象というものは、そのとしと境遇によって、そのときは、どんなに悲しかったことであっても、おとなになってから、おとなの世界でさまざまな出来事にぶつかっ

て行くにしたがい、だんだん遠い夢のようになって、たまに女学生のころなど思いだしても、

「まあ、あのころはあんなことを泣いたり笑ったりしたのかしら、むじゃきだった」

とおかしくなるぐらいなものでしょう。

たとえば、だれでもが女学生時代にした修学旅行の思い出なども、そういつまでもしょっちゅう思いだすものでもないでしょう。しかしおかあさんのばあいは、東京の宿屋での集団中毒事件があったために、その印象は、ぶじで何事もなく過ぎた修学旅行よりも、何倍かの強い印象ぶかい思い出となってしまったのです。

しかもその千代田館でそのおばさんに親切にかんびょうされたことが、忘れられない一つの恩義をきることになりました。

日光へは行けなかったけれど、すっかり元気になってみんなといっしょに東京駅をたつとき、見送りにきたおばさんに、みな汽車が離れるまで名ごりをおしみました。

汽車が滑りだすとき、

「おばさん、ありがとう、ありがとう」

と、わたしは大きな声で別れの挨拶をしました。

「みなさん、すみませんでした、でもお元気でお帰りになっていただけて安心しました」

そういうおばさんの眼は涙でぬれていたようでした。

きっとおばさんは、じぶんのお店で作ったお弁当の玉子焼でみんなを中毒させたことを、どん

なにか申しわけなく思っていたのでしょう。わたしは、ぶじに家に帰ってから千代田館のおばさんに礼状を出しました。

桂子のおじいさん――まだあなたはその時生まれなかったけれど――つまりおかあさんのおとうさんは、いまより若く元気いっぱいで、お家の代々の家業のろうそくの製造とうちわ問屋の仕事に打込んでいられて、一年になんどかそのご用で東京に出て行きました。それまではほかの宿屋に泊まっていたのですが、じぶんの娘がたいへん世話になったというその宿屋へ礼をいおうと神田のほうへ行ったとき、千代田館へ寄ったのでした。そしておばさんに会っていろいろ話をして知合いになってから、おじいさんは東京へ出るたびに、とうとうその千代田館に泊まることにきめてしまいました。

こうしておかあさんが、女学校の修学旅行で泊まった宿屋が、おじいさんの宿屋になり、わたしのうちと千代田館とは一つのつながりができたのでした。

おかあさんは学校を卒業してから、結婚前にもういちど、おじいさんに連れられて東京へ行ったことがあります。こんどはゆっくり千代田館にとまりました。おばさんはまるで自分の娘か姪でも泊まりに来たように、それはだいじにしてくれて、映画や芝居につれて行ってくれたりもしました。

それから、おかあさんは東京へ出ることもなく、おじいさんもとしをとり、ことに戦争がはじまってからは東京へ出ることもなくなりました。

東京に空襲がはげしくなって待避壕をつくったり、電気を消してろうそくの灯にたよらねばならなくなったとき、おうちに残っていた商品のろうそくを千代田館に送ってあげたり、障子紙や半紙はないかとたのまれて送ったりもしました。

戦争が始まるまで、毎年夏になるときれいな絵うちわをお中元にくばるような時代には、千代田館の名入りで、きれいな浮世絵の版画をはった絵うちわを、うちのお店でつくって、毎年たくさん送っていました。

こうして千代田館はわたしの家の団扇のおとくいでもあったのです——

そのうち疎開ということが始まり、東京の方面から地方へうつってゆく人ができましたね。桂子も、そうした戦争のあいだのできごとはなんでも知っているはずですが、そのとき世話好きのおじいさんは、千代田館のおばさんたちのことも心配して、そかいするならこの街の近くのざいの知合いの農家にしょうかいしてあげてもいいと手紙をあげたのです。

おばさんから喜んで万一のときはたのむけれども、いまのところは東京にふみとどまって旅館の建物を守りたいが、旅館に必要なふとん道具家具などを一部疎開しておきたいから頼むと言ってきました。

おじいさんは、うちの土蔵でもいいが、ここも町中だから安全とは言えないと、近くの村の農家にこうしょうして、その土蔵にあずかって貰うことにしました。

やがて、その荷が貨車でとどいたとき、いっさいのおせわをしてあげました。

その後の、あなたも、おかあさんと同じに経験したあの戦争のはげしかった時代――まだわたしたちの町はだいじょうぶだったが、東京は毎日のように空襲があって、あちらが焼けた、こちらが焼けたと聞かされたときでした。やがてはこうした地方の町にも、じゅんじゅんに空襲があるのだという噂が立ち、お店の仕事もできなくなってきて、店に働いていたひとびともじゅんじゅんにいなくなり、おじいさんおばあさん、それに桂子とかあさんだけになった家は、なんとなくこころぼそい気がしました。桂子もそう思っていたでしょう。けれども桂子のお友だちのお家でも、おとうさまが出征して女だけのるすの家さえたくさんありましたから、特別うちだけがどうこうとは言えなかったのですが――

ここで一度はふれておかなければならないのは、その『おとうさん』のことです。

しみじみとあなたに一度は話しておかなければと、心にかかっていたのですが、おかあさんはひきようにもいやなことにふれるのを一日のばしにしていたようなものです。

しかし今度という今度はどうしても、あなたの、おとうさんについて、ほんとうのことをお話しておかなければならなくなりました。

桂子のおとうさんがおうちにいなくなったのは、戦争で出征したからでも何でもなく、あなたが三つの時でした。おそらく、桂子、あなたには、父の顔もすがたも記憶にないはずです。

もしあなたのおとうさんが死んでしまっていたのなら、その子の桂子に「おとうさんはいい人だった」とか、「お前をかわいがっていらした」とかいって、おとうさんのよい思い出をいだかせて、お墓まいりに花を持って行ったりすることができたでしょう。

出来ることならおかあさんは、あなたにそう言って、おとうさんというものを、美しいまぼろしにさずけておきたかったのです。

でもそうしたうそによって子供をたぶらかしておくということが、おかあさんにはできなかったのです。またそんなうそは、どんなことで、やぶれるかも知れません。それよりもいっそほんとうのことを言い、そして桂子が大きくなり、物事にはんだん力がついたときに、はっきりとなおくわしく話をしておきたいと思っていました。

その時期が、おかあさんの思ったよりも早くきたわけです。

桂子。おかあさんはこの家のひとり娘に生まれました。いまは憲法も民法もかわって『家』というものが、そんなに何に代えても大事だというふうには考えられなくなって、もっと個人本位に人間が動くことができるようになったのです。

けれどもおかあさんが娘のころは、それはまるで反対でした。『家』のために、お店の業をつぐために適当な人と結婚しなければならなかったのです。

そしておとうさんと結婚しました。

おかあさんはできることなら、上の学校へもせめて二年でも三年でも行って、もっと学生時代をたのしみたかったし、もうすこし精神の世界で考える勉強を身につけたかったのです。いわばおかあさんはそういう世界にあこがれていたのです。しかしそれは何もかもはかない夢でした。

じぶんの理想をおこなおうとすれば、両親を失望させなければならなかったのですし、親を失望させても、じぶんの希望に忠実になるということは、とてもおかあさんにはできなかったのです。

そしておとうさんとの生活がはじまりました。おとうさんは桂子のおじいさんおばあさんによってえらばれて、この家をつぐためにきた人でした。おかあさんは、おとうさんについて何も知りませんでした。それにおかあさんのとしはその時若かったのです。いまから考えればずいぶん子供だったと思います。

けれどもおかあさんは女学校の修身で教えられたとおりに、良妻賢母というものにならなければと思って一生けんめいでした。

やがて不幸がきました。それは桂子のおじいさんおばあさんと、おとうさんとのあいだが、えんまんに調和して行かなくなったのです。

おじいさんはおとうさんをなまけ者だとおこりました。

おとうさんはおじいさんたちをわからず屋だと言いました。

そのあいだに立っておかあさんはただおろおろとして悲しみました。

そして桂子が生まれて三つのとき、おとうさんはついに、だまって家をでてしまいました。それぎりです。二度とおとうさんは自分の子供の桂子のところへも帰ってきませんでした。

それからずっとおかあさんは、桂子だけのおかあさんとして、おじいさんとおばあさんと暮してきました。

おじいさんたち——ことにおばあさんは『家』のためにも、桂子のためにも、またおかあさんのためにもというふうに考えて、二度目のおとうさんをむかえようとなさいましたが、おかあさんは今度は剛情をはって、桂子をおとうさんなしで育てるつもりになりました。そのほうがかえってしあわせだと思ったからです。

もうおとうさんはなしで、おかあさんは桂子のおかあさんとしてだけ、あなたと暮らしてゆくほうが幸福だと思ったからでした。

世の中にはおとうさんに死にわかれて、おかあさんだけで暮らす子供もおおいのですから……桂子もまた自分にすこしも記憶のないおとうさんについては、たいして何も考えずにいられたようですし、おとうさんがないことがまるで自然のようなかたちであなたを育ててきました。そうでしょう。

おとうさんのないことが桂子をそんなに不幸にしてないということが、おかあさんの一つの大きな安心でした。それにおかあさんのほかに、あなたはおじいさん、おばあさんのふかい愛もありましたから。

その四

桂子。そしてあなたは今のとしまで育ってきました。

わたしたち一家はあの戦争のあいだも、幸福にもぶじで、家もまた焼けずにこうして……。

終戦後しばらくして、東京の千代田館から、若い主人、おかあさんに親切だったあのおばさんの息子の洋之助さんが、荷物を受けとりにまいりました。

桂子はそのときあって知っていますね。桂子にはやさしいおじさんでしたね。

年とったおじいさんとも、すぐ仲良しになったひとでした。荷物を引きとってその洋之助さんはすぐ東京へ帰りました。千代田館はすぐ近くまで火が来て一部燃えてこわされたのですが、だいたい助かったので、建物をしゅうぜんして、前よりは小さくなったけれども、またすぐ営業ができるという話でした。

わたしたちの家の商売は、ろうそくの製造はまだはじめることはできませんでしたが、うちわを作ることはすこしずつ始められました。一年いちど夏だけ使うものですが、代々の商売でおじいさんはこの仕事が好きなのですから、さっそく始めました。

昔のように、たくさん人を使って、大じかけに工場で作れはしなかったのですが、それにうちわも高くなって、十銭できれいなうちわが売れるような時代ではなくなりましたから……。

けれどもおじいさんは、もとの商売ができるのでたいへんに元気づき、その御用で東京へもまた出て行くようになりました。宿は昔のように千代田館です。千代田館のおばさんと洋之助さんとおじいさんは、疎開の荷物のお世話をした間がらから、なおさら親しくなりました。それはもう宿屋と泊まり客の間柄よりも、親類どうしのように思いあっているのです。

そうして一年たちました。翌年の夏、ちょうどお店でうちわの荷を註文先へ送ったりするので忙しいころ、洋之助さんが子供の一郎さんをつれてきましたね。一郎さんはおかあさんのない子でした。一郎さんのおかあさんは、あの東京に空襲のはげしくなる前後、病気でなくなってしまわれたのです。ほんとにお気のどくな話でした。一郎さんは桂子より少し下で、来年は中学というときでした。桂子とはすぐ仲よしになって、姉弟のようになって、この町の名所などに案内して行きましたね。町の公園に蟬を取りに行くときも桂子がつれて行ったでしょう。

おかあさんはあのとき、じぶんが女の子のころ一緒に遊んだおとなりの静夫さんのことを思い出しました。静夫さんもやはりおかあさんのない少年でした。一郎さんも静夫さんのように、おとなしい弱々しい少年でした。この家にはおかあさん、桂子と、代々女の子ばかりつづいたので男の子のいる風景は珍しかったのでしょう。おじいさんやおばあさんも一郎さんをかわいがりました。

こうして家中となじみになって、一郎さん親子は東京へ帰って行きました。駅まで送って行ったとき、こんどの春の休みには、桂子におかあさんといっしょに東京へくるようにと何度もいっていましたね。

秋になっておじいさんが東京へ出かけたとき、千代田館のおばさんは、一郎さんに二度目のおかあさんがほしい、桂子のおかあさんに、桂子をつれて、千代田館の家の人になってもらえないだろうかと言いだしたそうです。

おじいさんはいろいろ考えた上、ごじぶんは賛成して、家へ帰ってから、おばあさんとおかあさんに相談されました。

おかあさんもずいぶんそれについては考えました。いままでおとうさんのなかった桂子に新しいおとうさんができ、また弟ができる、おばあさんはふたり――うちのおばあさんと千代田館のおばあさんとは、一度にふたりのおばあさんとなって桂子をかわいがってくださるわけです。

そうしたことが、けっして桂子を不幸にするはずはないとも考えました。おかあさんは子供のころ友だちだった静夫さんのことを考え、もし一郎さんのためによいおかあさんになれて、桂子といっしょに育てることができればと、千代田館に行く決心もつきました。

おばあさんは、おかあさんがもういちど『奥さん』になることは好いことだと賛成されました。もうおばあさんたちも昔のように『家』のためでなく、じぶんの『娘』の幸福を考えるようになってくだすったのです。

けれども――おばあさんはただ一つのことには不賛成でした。それは桂子も東京へおかあさんといっしょに行くということです。おばあさんはおかあさんと桂子とふたりをいっしょにじぶんの手もとから遠くはなしてしまうことは、とても寂しくて我慢ができないとおっしゃるのです。

「もう桂子も来年は十五だから、おかあさんのそばにいなくとも、おじいさんとおばあさんがよくせわをすれば大丈夫です。だから桂子はこの家に置いておいでなさい、それでないとおばあさんは寂しくてやりきれない、手のなかの宝をとられるようなものだ」

とおばあさんはいうのです。

おかあさんはもともと桂子といっしょに行って暮らせるならと決心したことですから、そのおばあさんの言分には、もっともだと思いながら困りました。おかあさんが桂子を残して自分ひとりが東京へ行って、一郎さんのおかあさんにだけなるということは、これはまた不本意なことなのです。そのためにこの問題はなかなか解決がつかずにおりました。

けれどもおじいさんは、一郎さんを自分の息子のように思いたくなったのでしょう。はじめの決心をかえませんでした。それでおばあさんも、とうとう折れて、

「桂子がもしお前と別れるのがどうしても厭だというならば仕方がない、つれておいでなさい」

と自分の寂しさをがまんしてくださるお気持になりました。

それでおかあさんは、桂子をつれて、東京の千代田館——寺島家の家族の一員としてゆくことに心をきめました。

そして、そのお話をおかあさんが桂子に話しましたね、その時もし桂子がどうしても、厭だというならば、おかあさんは、桂子だけのおかあさんとして、前と同じ生活をつづけることを考えていました。桂子の心を傷つけるような大きな犠牲をはらってまで、おかあさんがあたらしい生活にとびこんでゆくことはできないと思ったのです。

しかし桂子、あなたは、おかあさんのためにそれが幸福だと思ってくれたのでしょうか、賛成

しましたね、そしておかあさんが、よその家へ行っても、やはり桂子のおかあさんであることにかわりがないということをわかってくれました。

けれどもおばあさんが、おかあさんと桂子の二人を一度に失うさびしさを、おかあさんよりもはげしく感じて、けなげにもおばあさんのところに自分はのこると決心したのですね。

その決心がどんなにおじいさんとおばあさんを喜ばせたでしょう。

しかし、おかあさんはそのあなたの気持を思うと、東京へ行くのをやめたいほど辛かったのです。

でも、その後の桂子が思ったよりも生々として、この問題によって不幸な感じをうけずにいてくれるという安心をおかあさんは見とどけた気がしました。それでおかあさんは桂子をおじいさんとおばあさんの手許において行くことになりました。

あいたければいつでも桂子にあえる、それがおかあさんのなによりの頼りどころです。

桂子、おかあさんが、あなたをおばあさんたちの手もとにのこして、東京のよその家に行っても、あなたへの愛情はけっして変っていないこと、それを信じていてくれるでしょうね。

おかあさんは桂子に、自分をはなれて行った冷たいおかあさんと思われることは、なによりも辛いのです。いいえ決して桂子はそんなことを考えてはいませんね。

おかあさんはもっともっとおかあさんの気持をよく桂子につたえたいと思ってこの手記を書きました。けれどもおかあさんの下手な書き方は、まだまだ言い足りないことがたくさんあるような気がします、残念です。でもしばらく、桂子とおかあさんは毎日お話ができないかわりに、なにかおかあさんの心を文字に止めてあなたの手にわたしておきたかったのです。

桂子。よく読んでください。おかあさんはこの手記を書きながら、ときどき涙が出て仕方がありませんでした。

桂子。かわいい桂子。あなたをこうして離れてゆくようなおかあさんだったら、今までもっともっとかわいがっておけばよかったと後悔しています。ときどき叱りすぎたり、冷淡だったりしたことがあるような気がします。許してください。

桂子。おかあさんはいつまでも桂子のおかあさんです。桂子はいつまでも、わたしの娘です。ただいっしょに暮らさないだけのことです。母と子のこころは永遠につながっています。神さまが桂子をお守りくださるように、おかあさんはこれから毎日祈ります。

桂子の手記

まえがき

おかあさんの手記は半紙を二つに折って幾枚か重ね、紫のきぬひもで真中がとじてあるものだった。

おかあさんはふだんはペンを使って手紙を書く人だったし、それがこうしてわざと半紙に墨という、古風なひまのかかることをなすったのは、きっとその娘のわたしのために、一生のだいじな言葉としておかあさん自身の手記をどんなにか大切なものに思われたからであろう。

墨で書いた行間にきたない書消しなどないところを見ると、きっとおかあさんは、わたしの学校で使うノートのようなものに下書をこっそりなすったのかも知れない。いつの間にこんな手記をおかあさんは用意していらしったのかわたしは知らなかった。

それだけにおかあさんがしじゅう、そのひとりの娘のわたしというものの存在を、どんなに気にして心の重荷にしていらしったのかと思う。

心の重荷といっても、けっしてそれはおかあさんが、わたしを厄介者に思われていたというわけではなく、おかあさんがわたしを愛してくだされば下さるほど、わたしがおかあさんの苦しい重荷になったのだと思わずにはいられない。

わたしはおかあさんの手記を読んで、じぶんでもその母に対しての、娘よりの手記として、わたしの心のすみずみを、できるだけくわしく書いて読んでもらいたくなった。

つまり母が娘を呼ぶその声に山彦してこたえるような、娘の声を返したかったのである。

わたしはとてもおかあさんのように半紙に墨では書けない。それは書けば書けるけれどもかえって不自然、それよりもやはり一冊のノートに、こまごまと自分の気持を記しておかあさんに知らせたい。『書く』ということは、なんというふしぎな魔術であろう。母と娘と面とむきあって口ではどうしても言いつくせぬことを文字で表現できるというのは——つまりなまいきなことを言うようだけど、人間に文学というものが存在する理由だと思った。

『文学』と言っても、つくりごとの小説はたいへんかも知れないけれども、自分じしんのことはだれだって書こうと思えば書けるものだと、学校で国語の先生がおっしゃった。

ゆうめいな国文学の『更科日記』なども昔のひとりの女性が、十三のときからの少女時代の思い出から筆をおこして書きつらねた文学だと、やはりその国語の先生のお話だった。

わたしはとうてい更科日記の作者のように天才少女ではないけれど、でも一生にいちど、こうした機会にじぶんとおかあさんとの世界を書いてみたいと思う、そしてその読者は、この娘のノートを熱心に読んでくださるおかあさんひとりでたくさんである。ただ何よりも大事なことは、うそを書かないことだと思う。母のまえに、娘のわたしはただ自分の真実をさしあげるよりほかに方法はない。

おかあさんも娘のわたしに真実をあんなに示してくだすったのだから。

その一

おかあさん。桂子の手にお渡しくだすった母の手記を、何度もなんどもくり返して読みました。

あの手記をとじた一冊は桂子にとって、一冊のとうとい聖書のようなものです。

あの手記のさいごに記してあることば——桂子、かわいい桂子……あなたをこうして離れて行くようなおかあさんだったら、いままでもっともっとかわいがってあげればよかったと後悔しています。ときどき叱りすぎたり、冷淡だったりしたことがあるような気がします、許してください——あすこで桂子はどうしてもがまんしきれず、だんだん眼のなかがあつくなって、そして涙がぽろぽろこぼれてしまいました。おかあさんもごぞんじのように、桂子はそんなにおセンチではないはずだったでしょう。

それどころか、いつもおかあさんのことを、

「うちのおかあさんはいつまでもセンチメンタルね、昔の女学生だからよ」

とひやかしていましたね。

だのにおかあさんは、とうとう桂子を泣かせておしまいになりました。おかあさんは、桂子を叱りすぎたり、ときどき冷淡だったりしたことがあるとお思いでしょうか。桂子はおかあさんに叱られたとき、あんがい平気で、ときどき口答えをしなかったでしょうか。わたしはおかあさんが思うほど、おかあさんのおこごとにはびくともしなかったのです。ずうずうしかったかも知れませんが、ごめんくださいね。

でも『冷淡だったりしたことがあるような気がします』には、はっとしました。そうです、たしかに桂子は、おかあさんのおこごとにはちっともいたまなかったのですが、おかあさんに冷淡にされていると感じたときは、氷のかたまりにさわったように、たしかにひやりとしました。

母の小言にいたまない娘も、母の冷淡にはうちのめされた気がしたのです。

でもけっしておかあさんが桂子に、いつも冷淡であったなどとは決して思いません。ただ時々桂子はふっとそんなことを考えたことがあるのです。

でもおかあさん、ごかいなさらないで――『冷淡』という言葉は決して『冷たい』という意味ではないのですもの、おかあさんをいちどだって『冷たい母』だと思ったことはありません。

おかあさんは、たしかに桂子を愛してくださる、あたたかい、子供に対してセンチメンタルなやさしいやさしい母でした。だのになぜときどき『冷淡』だなどと桂子は思ったのでしょう。それがやっと分かりました。おかあさんの手記を読んでからです。それから言ってもおかあさんの手記はたしかに尊いものでした。それも、もしおかあさんがわたしをはなれて、よそへ行ってしまうということがなかったら、一生いただくことのできなかった手記でした。なんだかこう考えると悲しいのかうれしいのか分かりません。

おかあさんの手記の始めのほうにこう書いてあります。

――おかあさんはやがて母になるということが、はっきり分かったとき、じぶんの身体のなかにやどした影のようなもので、まだその姿をはっきりと母じしんも見ることのできない母の胎内のわが子が、男の子か女の子かということはもとより分かるはずはなかったのですが、ひそかに男の子がいいとおかあさんは思ったのです――

桂子はこの言葉にぶつかったとき、なんだかおぼろげに、桂子が考えていた疑いがはっきりした気がしました。

おかあさんが桂子に冷淡のようなとき、桂子はいつも考えていました。

桂子がもし男の子だったら、おかあさんはもっと、いきいきと桂子に興味や希望を持たれるだろうということ――これでした。

桂子がおかあさんの小さい娘であって、けっして小さい息子でないことは、どうにもならないことでした。だからそれだけに桂子はもし桂子の兄さんか弟がいたら、おかあさんはきっとお喜びになるのだろうとうたがったのです。

でも、もし桂子に兄さんか弟がいたとしたらおかあさんは、その息子によけいに熱心に母の愛をそそぐような気がして、きっと桂子は嫉妬に苦しんだかも知れません、考えると恐ろしいと思います。

でも、そのことについてはおかあさんも手記に書いていらっしゃいます、――日本では男を尊敬し、女をそう価値高く思わなかった習慣からも、やたらに男の子の生まれることを歓迎する家庭が多かったからだろうと――また、おかあさんじしんが、少女時代男の子であったらとお思いになったことを――。

この問題はもっと考えて桂子は書いてみます。

その二

おかあさんは、おとうさんのことをあの手記に書いて、わたしにはっきり教えてくださいました。

おかあさんは桂子に、じぶんの家に子供のころからおとうさんのいないことをどう考えているか、直接にはおききになったことはなかったと思います。

また桂子もおかあさんに「うちのおとうさん、いったいどうしたの?」などと物心ついてから質問を発したことはありませんでした。それは質問をえんりょしたのではなく、自然の習慣で『おとうさんのいない家』になれてしまったからでした。

けれども桂子はこのことだけは知っていました、『うちのおとうさんが、お墓の中にはいっているのではなく、生きてどっかにいるのだ』ということを。

学校のお友だちのうちには、おとうさんに死に別れて時々おまいりする『父の墓』をちゃんと持っている人がいました。桂子には父の墓はなく、そして『生きたおとうさん』もなかったのでした。

でも、桂子のおとうさんは一度はこの柳井の家にいてそれから、この家をはなれて行かれたのだと、どういうわけか知っていました。でもそういうことが悲しいという気持にならないほど、それほど父のいない家になれてしまったのでした。

けれども時々お友だちの家で、そこの家におとうさんのいる姿を見るときは、ふと物足りない気もしました。でもそれはそのしゅんかんで、またすぐ消えました。ですからわたしは、父に甘える心もあわせて二人分、母の愛をどくせんし、むさぼろうとしていたと思います。そして桂子はひとりっ子でしたから、自分のどくせんする母の愛は、たれにも分けあわないでよかったのです。

子供のころ、いつもおかあさんのそばにねました。女学校にあがってから一つ勉強部屋をもらいました。それははなれの六畳でした。ほんとうはこれはおじいさんやおばあさんのいんきょべやのはずですが、おとうさんのいない家では、おじいさんはいんきょなどしていられず、お店の御用をしていらっしゃるので、その部屋を孫の女学生がもらったのでした。

お茶室めいた六畳を、桂子はじぶんの女学生らしい趣味でかざりました。床の間にフランス人形や、ちいさい豆人形をかざったガラスのケースをおいたり、オランダ船の画をかけたり……。

桂子はそこで夜もひとりで寝ました。

おかあさんはどんなにおそくまで、桂子が勉強してから寝るときでも、きっといちど桂子の寝るのをみとどけに来てくださいました。

そして「おやすみ！」と言いながら、きっと、ビロードのえりのついた夜着の肩を、おまじないのようにたたいたりして、またそっと出て行かれました。

おかあさんに、ふとんの肩やえりを、おやすみと叩いていただくのが、桂子にはだいじな子守唄でした。

ある時、桂子はこの勉強部屋の机で、少女雑誌を読んでいました。それは秋の夜だったと思います。その雑誌のなかの一つの小さい物語の中に、おかあさんに死なれてしまった少女のことが書いてありました。桂子はそこを読んでいるときにふいっと（もしおかあさんが死んでしまったらどうしよう?）と思いました。きゅうに心配になり、うろうろと立ちあがると、いっさんに駈け出しました。

「おかあさん、おかあさん――」と叫びながら――

おかあさんはいつものように、お茶の間で、桂子に着せてくださるセーターをあんでいらしったのです。

「なんです、桂子あわてて？」

おかあさんはびっくりしてあみ棒を膝に、ふりかえりました。

「おかあさん、死んではいやよ」

いきなりかあさんにしがみついて泣き声を出しました。

「ばかね、なんで、そんなことをにわかに言い出すの？」

おかあさんはあっけにとられたような顔でした。桂子はきゅうにきまりがわるくなって、

「ううん」と、あいまいな返事をして勉強部屋にもどってきました。

こんなちいさい思い出を、おかあさんはもう忘れていらっしゃるでしょう。ああ、こんなにおかあさんがもし死んでいなくなったら大変だとさわいだ桂子が、おかあさんがよそのお家へお嫁に行くことをしょうちして、おじいさん、おばあさんと家に残ってこうした手記を書いているということは夢のような気がします。

桂子の心はたしかに成長したのでしょう、おかあさんもそうお思いになりますか。

でも桂子はがまんできるはずです、おかあさんは生きて東京にいらっしゃるのですから。おかあさんが丈夫でいらっしゃりさえすれば、桂子は会えるのですから——

ずいぶん戦争で、戦場に出た人も出ない人も、どこにいた人でもたいていつらい思いをし、なかには親子はなれればなれになってしまった人もいることを考えると、桂子はけっしておかあさん

のことで感傷的な涙にふけろうとは思いません。

でも、いちばんおかあさんに別れるすぐ前が、なんだかさびしく悲しかったのです。いよいよおかあさんがこの家を離れて、おじいさんといっしょに東京に行かれ、千代田館の若い主婦として、そこの家の人になり、若い主人の洋之助さん（これからおじさんと呼ぶのですね）の奥さんになり、一郎という男の子のおかあさんになるのだというその前の日でした。わたしとおかあさんは、いっしょにお風呂にはいりましたね、子供の時から、なんどもおかあさんとお風呂にはいったことはあります。でもその時は、いま、おかあさんが桂子だけのおかあさんであって、よその家のたれのおかあさんでもないその最後の日でした。

昔ふうのこの家の湯殿はすこしうす暗く、電燈はかすかな光りでした。あの木のくずでもなんでもたける、まるいごえもんぶろのしっくいでかためた鉄の湯槽のお湯は、たぎるようにあつくなっていました。

桂子が水道で水をうめて、おてんばにおけでざぶんざぶんとかき廻しました。

おかあさんも桂子も、べつに何にも言葉で話をしませんでしたね、ただおかあさんが、「桂子せなかを洗ってあげよう」と言われて、わたしのせなかを流してくだすったので、桂子もおかあさんのを流してあげると言って、おかあさんの白いせなかを、しゃぼんをいっぱいつけて桂子は洗いだしました。わたしにせなかを向けて、向うむきになっているおかあさんのえりあしはきれいでした。

桂子は小さいときから、おかあさんを美しい母だと心の中でほこっていました——けれどもこの美しい母は、今宵をかぎりによその家の妻となり母となってゆくのだと、桂子はゆげの中でじいんと胸にこたえるように考えていました。

その時でした、こちらにえりあしを向けているおかあさんの首が下にさがり、すこし肩がおののくように思いました。

「おかあさん、どうしたの？」

と桂子がのぞき込もうとしたとき、おかあさんはぬれた手拭を両手で顔にあてて、じっとうつむいてしまわれました。

あのとき、おかあさんは泣いていらしったのですね、桂子は知ってました。おかあさんはそれをかくそうとして、手ぬぐいで顔をおおっていらしったのです。桂子と別れゆく最後の晩に、その娘といっしょにお湯にはいり、せなかを娘が流している時、おかあさんは、きっとその娘を、あとに置いてゆく別れを悲しんでいらしったのでしょうね、ね、きっとそうでしょう。

桂子はやっぱりあの時なんだか泣きたくなったのです、そしてぬれた手ぬぐいでやはり眼をおさえてしまいました。

「桂子、かんにんしてね」と、おかあさんのせなかが無言で、あの時わたしにささやいているように思えたのです。

おかあさん！　おかあさん！　桂子はおかあさんがどんなにわたしを愛してくだすったかをよ

く信じています。桂子はおかあさんが大好きでした。いろいろ口答えをしても、おかあさんは世界でいちばん好きな人でした。また、おかあさんにとって桂子はいちばん大事なものだと思い込んでいました。いまもこの心は変りません、おかあさんがそばにいても、遠くにいてもこの心は変りません。

おかあさん、東京の千代田館で毎日元気に暮らしていらしってください。おかあさんがいきいきと元気で暮らしていらっしゃると思うと桂子も元気です。

でもすこし不安なのは、おかあさんの新しい生活にはいってきて、おかあさんを二度目のおかあさんにしたあの一郎さん、すこしからだの弱そうな、けれども頭のいい少年が、桂子にかわって、おかあさんの母の愛をだんだんにうばってしまわないでしょうか。おかあさんも、また遠くに離れているほんとうの娘の桂子よりも、そばに毎日暮らしている一郎さんのほうに愛情を感じてしまうのではないでしょうか。桂子はそれが心配です、ほんとうに心配です。

でも桂子には「娘は手ばなしても孫は手ばなせない」といって、桂子をお人形のようにだいたりなでたりしてかわいがってくださるおばあさん、そしておじいさんもいます。ですから決して桂子は孤児でもなければ浮浪児でもありません。だのに桂子はやはり美しいまだ若いおかあさんから愛されなければさびしいのです。

おかあさん、桂子はよくばりでしょうか？

桂子のノート

まえがき

おかあさんの手記にこたえる気持で書いたノートは、東京の千代田館のおかあさんのところへ送ってあげてしまった。

おかあさんからその受けとりのお手紙がきた。

ほんとにそれは、わたしの手記のノートをたしかに受け取りましたというしるしだけのものだった。おかあさんは千代田館の帳場にすわったり、毎日来たり立ったりしてゆくお客さまへのサービスで、きっと目のまわるように忙しいのにちがいない、その手紙の中にもそう書いてあった。

けれどもおかあさんは『桂子のことは忘れません、おじいさんおばあさんのそばで元気で暮らしているということを信じて安心はしていますが……』とも書いてあった。

『桂子の書いた手記のノートは、おかあさんは、夜、からだがすこしでもひまになったとき、静かに読みます。何度もなんども繰り返して読むでしょう、桂子は子供のときから文章が好きでしたね、おかあさんは、桂子がおかあさんをほんとうにどう思っていてくれるか、このあなたの文章がそれを語っていてくれるのだと思うと恐ろしい気がします。でもこれを読むときは、桂子の心のなかのひとつひとつの影がおかあさんに分かるのでしょうね。おかあさんは遠く桂子と別れていてもこの一冊のノート、おそらく桂子が幾日も幾晩もかかって、書きあげた母へのことばを読むとき、桂子とおなじ部屋に、いっしょにいるような気がするでしょうね』とも書いてあった。

『おかあさんは思いきって桂子に、あのおかあさんの心持を書いた幾枚かの紙を、とじて渡してきたことは、ほんとによかったと思います。どうぞ桂子も淋しいとき、おかあさんと会いたいと思うとき、又おかあさんを恨むとき、おかあさんの心を疑いたくなったとき、かならずこの母の残してきたあの手記を読んでみてくださいね、そこに、おかあさんのほんとうの心がわかってもらえると思います。そしてまた桂子が書いてくれたあなたの母へのことばは、これからおかあさんが桂子を見たくなったとき、桂子とお話したくなった時きっと取りだして読みます、そしておかあさんは、桂子のそばにいられなくなった運命を、それですこしでもおぎないましょう』とも書いてあった。

けれどもまだおかあさんは、わたしの字をいっぱい書いたノートは読んでいないにちがいない何にもそれについて感想は示されていなかったから。だからわたしは送ったノートの受けとりのしるしだと思った。

こうしておかあさんの手記と桂子の手記を交換して、もうこれ以上はただ時おりの手紙を交すだけで、ふたたび母さんのために桂子がノートを書くことなどはないと思っていた。

ところがまたわたしは、おかあさんに自分の手記を書かねばならなくなった。けれどもこんどの手記のノートは、果たしておかあさんのところへ送れるであろうか。もし送ったとしたらどんな結果になるであろうか。考えると恐ろしい気がする。けれどもわたしは、わたしの身の上にもただならぬ一大事の起こったことを記し止めねばならなくなった。

たとえこの手記を永遠に——（わたしは思わずこんな仰山なことばを使ってしまったが、『永遠』という言葉は、なんという恐ろしい言葉だろう！）

わたしが、かあさんにこの前の手記を書いていたころは、ふたたびこんなノートに、こうしたできごとを記さねばならない日がくるとは、ほんとに夢にも思っていなかった。

父の出現

それはある日のことでした。

こんなふうに書き出すと、まるでなにか一篇の小説の書き出しのようで恥ずかしくなるけれども、ほんとうにこう書くより仕方がない。

いまわたしはその『ある日』のことを考えると、こうしてペンを持っていても思わず胸がどきどきしてしまう。そしてまた、そのある日のできごとが夢のような気がするのです。

それは——おかあさんにわたしの手記を送って、そのご返事をいただいてから間もなくでした。おかあさんが東京の千代田館へいらしったのは去年の冬でしたが、やがてもう花の咲くころです。

そのころ、わたしは学校の進級を前にしての休暇は短かいのです、やがて来る夏の休暇には東京のおかあさんのところへ遊びにくるようにと、千代田館のおばさんの良人の——（けれどもわたしの父ではない人）洋之助おじさんからもそういう手紙が、おじいさんおばあさんのところへも来ていました。

でも、その夏やすみはまだ遠い先のことです、わたしはおかあさんから別れて間もない春をひっそりと、おじいさんとおばあさんだけの家のなかで送りました。

わたしの家の商売はうちわと蠟燭です、けれども戦争ののちは、うちわの製造をおじいさんが始めただけでしたが、そろそろ蠟燭のほうも始めたいというので、その御用でおじいさんは、その蠟燭を作るのにひつような木蠟《もくろう》を手に入れるために、その取引に、木蠟をとる櫨《はぜ》の木の山を持っているひとのところに、一週間ばかりの予定で出かけて、おばあさんとわたしがお留守番でした。

そのほかに家には、前に店のほうをしていた銀さんという若者が戦死したあと、身寄のないそのおかあさんが、台所へ家の仕事を手つだいにきています。おかあさんがいなくなってから、年とったおばあさんひとりで家のことはなかなか大変だったのです。

戦争のまえには家にもたくさん奉公人がいましたが、戦争中にいなくなり、いまもインフレや食糧の問題で、わたしの家ではそんなに人を使えなかったのです。

ですからわたしの子供のころにくらべて、家の人数はへり、そのわりに家は広すぎて、いつもしいんとした感じでした。それに古くなってしまった日本建築の家、ことに、わたしたちのこの町の家の建て方の、まるで徳川時代からのおもかげを止めた古風な作りの家は座敷もほのぐらくお天気の好い時はそれほどでもないのですが、どんよりとした曇り日は昼でも電燈をつけないとこまかい字の本は読めないようでした。

その日はやはりそうした春の曇り日でした。そんな日わたしは自分のあの勉強部屋で本を読むのが好きでした。

わたしの部屋はもともとおじいさんやおばあさんのいんきょ部屋にするはずだったのですから少しとしより趣味です、でもわたしの持っているもの、たとえばお人形箱などでやっぱり女学生らしい感じはしていましたけれど……。

そこでわたしが本を読んでいると、おばあさんがのぞきにきて、

「おやおや、まるで桂ちゃんが、ご隠居さんみたいね、そこに引っこんでいて――」

と、笑いました、そしておばあさんがご自分で作ったきんつばを鉢に盛って、ごじぶんのおゆのみと、わたしのおゆのみをそろえて持ってきて、わたしの部屋でお茶を飲みました。

おかあさんがいなくなってから、こういうふうにおばあさんは孫のわたしによくサービスしてくださるのでした。

おばあさんの持って来たきんつばは、わたしの子供の時から知っているおばあさんの手製でおいしいものでした。

よく炭の起きた七輪の火のうえに丸い鉄板をのせて、その上に種油をひき、餡を四角に固めたのを、メリケン粉をどろりと溶いて入れてある片口につけると、鉄板のうえに、じいっと載せます。それから引っくり返し、まわりを焼き四角に焼きあげます。見ていると面白くて、わたしは自分もよく手を出しましたが、とてもおばあさんのように行きません、なんだかでこぼこしたかっこうになってだめでした。

そのきんつばを、その時おばあさんとふたりで食べていました。

「桂子おいしいだろう、お砂糖の配給があるから、昔とおなじお味にこのごろなったからねえ」

おばあさんは大じまんでした。

「ええほんとうにおいしいわ、おかあさんも好きだったわね」と思わず言って、わたしははっとしました。

『おかあさん』という言葉は、おかあさんが東京へ行ってしまったあとでは、わたしの家では、みずからタヴー（触れるのを禁ずる）となった言葉でした。

それはいなくなったおかあさんをいやがったり、うらんだりして、その名を口にしなくなったのでは決してありません、その反対で、『おかあさん』という言葉を聞くとき、だれの胸にもある淋しさや物足りなさや、時には悲しみさえも呼び起こすのを知っているからでした。

だのに、なんという不注意だったでしょう、おかあさんはこのきんつばが好きで、戦争ちゅう甘いものがなくなったときも、サッカリンにほんのすこしばかりの砂糖をまぜて、「おばあさん、きんつばを作りましょう、みんな元気になりますから」と、よく頼んでいられました。ですからわたしはきんつばを久しぶりで食べたとき、どうしてもおかあさんのことを思い出さずにはいられませんでした。

「ああそうだったねえ、文子（母の名）もお前のように子供のころから、しょっちゅうきんつばのお八つばかり食べさせられていたものさ」

おばあさんはさりげなくおっしゃいました。

けれどもおかあさんは、もう東京のお菓子屋のきんつばは食べられても、この家のおばあさんの手製のおいしいきんつばは食べられないのだと思いました。

もしなにかの時、おかあさんが千代田館できんつばを食べるときがあったとしたら、きっと離れて来たこの家のおばあさんのきんつばを、そして娘の桂子のことを、思い出してくださるだろうと思いました。

わたしもおばあさんもそれっきりおかあさんのことは言わずに、きんつばを食べていました。

おばあさんのきんつばは甘くておいしいのですが、とても小さくてかわいらしく、お腹のへっているときは五つか六つは食べられました。

学校へ行って、おなかがへって帰ってからだと、七つぐらい食べることもありました、でも春の休暇でその日は一日家にいたので運動不足で、四つ食べたらもう舌がだるくなりました。

「もう少しあがらんかい?」

おばあさんは土地ふうのやわらかい訛りの発音でこう言い、わたしの食べ方の少ないのを不満足そうに、まだきんつばのたくさんのっている鉢をわたしの前に押しすすめるのでした。

「今日はもうたくさんよ、またあとでね」

わたしはそう言いました、それはちょうど、お昼飯のあとの三時のお茶の時間ぐらいでした。わたしは時計は見ませんでしたがそんな時分だったと思います。その時ちょっとさっき書いた銀さんのおかあさん、わたしたちは「お幾さん」と呼んでいました。そのお幾さんが離れの渡り廊下をとんとんと忙しそうにはいってきました。

「お幾さんか、何かいな」と、おばあさんはそっちのほうへ顔を向けると、お幾さんは短かい紺絣の筒袖の上っ張りの姿でそこにひざを突き、いかにもびっくりしたように、眼をきょときょととさせると、

「今なあ、みょうなお客さんが見えましてなあ、男のお客さんが、小ちゃな男の子の手をひきましてな」

お幾さんはこのへんの村の訛りのはいった言葉でした。

「みょうなお客さんて?」

おばあさんもびっくりして、摘まみかけたきんつばを鉢に置きました。

「それがなあ、おかしなことばっかり言いよりますので『若いおかみさんいるか？』と聞きますので、わたしが『東京へ嫁ずきなさいました』というと、がっかりしたように上り口にすわり込んで『桂子はどうした？』と言われます、どうもようすがへんなので『どなたでしょう？』と此方からききますと『おれは桂子の父親だ』と言わるるのでございます、どうしたものでございましょうかなあ、どうも何とも言えませんで、奥へかけ込んで来よりましたが――」

おばあさんは、どんな表情をしたかわたしにはわかりません。

それよりもわたしがそんな生まれて初めての驚き――まるで雷が眼のまえに落ちたように感じて、眼がくらくらとしたのです。

「お幾さん、わたしが出て行きます」と、おばあさんは決心したように立ちあがりました、そして、

「桂子、あなたは店のほうへ出てはいけませんよ、ここで本を読んでおいでね」

そう言っておばあさんは出て行きました。

お幾さんもその後について、なんだか落ちつかない顔で出て行きました。

そのあと、わたしはじっと机のまえで考え込みました。何をどう考えていいのか何もわかりませんでした、ただ胸がわくわくしました。わたしはおかあさんの手記で、わたしという子供を残しておとうさんは、行方も何もわからなくなったということを知っています。

おとうさんの顔もなにも覚えていないのです、けれどもおとうさんはきっとわたしを抱いたりしてくだすったことがあるのでしょう。そして今日、どこからどういう風にして来たのでしょう

小さな男の子の手をひいてとお幾さんは言いました。

おばあさんは、店のほうに出て行ってはいけないと言ったのです。わたしは出て行けません、でもそっと立ちあがって行って、物のかげからでもおとうさんという人のようすをのぞいてみたい気持にもなりました。

うろうろと机のまえをいちど、立ちあがり、また坐り、また立ちあがって、こんどは部屋の中をぐるぐると歩きました。どうしたらいいのか、まったくわたしにもわからなくなりました。

（ああおかあさんは、いま何にも知らず千代田館に何をしていらっしゃるでしょう、こんな事件がこの家に起こっていることは、神ならぬおかあさんにわかろうはずはないのですもの)

そう考えながら、わたしは部屋でひとりうろうろしているときに、またお幾さんがとんとんと廊下を渡ってはいってきました。そして、

「桂子さん、お客さんにさしあげるので、これを持ってまいりますよ」

と、きんつばの鉢を手に取りあげました。

「お幾さん、おばあさまは、なに話していらっしゃるの?」

と、きくと、お幾さんはあまりよけいな事をしゃべりたくないというようなようすで、

「はい、お店の奥へおあげなすって、お話中です、小さい男の子さんがいられますのでな、お菓子をあげるようにとおっしゃりますので、これをいただいてまいりますよ」

と、お幾さんはきんつばの鉢を持って行ってしまいました。

行方不明だった父の、とつぜんの来訪、そしてこの父の連れている小さい男の子、いったいそれはなんでしょう、何もかもあとでおばあさんから聞きましょう、ともかくわたしは出て行ってはいけないのでしょう。

でもわたしはふとその時こう考えました。もしおかあさんがまだ千代田館へお嫁入りをしないでいられて、今日この家にいらしったとしたらどうだったでしょう。

おかあさんが去年東京の千代田館へお嫁入りなすったことは、おかあさんのために幸福だったでしょうか、それとも……わたしにはとてもわかりません、けれども何となく涙が出てきました。

そして、わたしという少女の運命は、父と母とのあいだにはさまって、なんという悲しいような淋しいような、とても一口には言いつくせないようなものなのだと思ったとき、だからわたしはよっぽどしっかりと考えて、行動しなければならない責任があるのだという気がしてきました。

そんなことを考えて、机の前にうつむいているときに廊下に足音がしました、それはお幾さんではない、おばあさんでした。おばあさんは心持顔があおざめていました。

「心配するんではないよ、桂ちゃん、ほんとうに可哀そうに、なんだって今ごろになってあんな人が、お前のおとうさんだなどと言って訪ねてきたんじゃろうね」

おばあさんは、いかにも恥知らずなと言いたそうに吐息して、わたしの前に坐りました。

わたしは何も考えられず黙っていました。

わたしの心持がどんなふうになっているか、いくらかそれが心配なのでしょうか、まるで小さ

い子をあやして背中を撫でるようにわたしに近寄って、

「桂ちゃん大丈夫なのだよ、それはお前のおとうさんにはちがいなかろうけれど、お前の赤ん坊のときに、お前のこともおかあさんのこともうっちゃって、かってにこの家をとびだしてしもうた人なんじゃから――お前がこんなに大きくなったのはみんな文子とわたしたちの骨おりなんだもの、あの人がいまさら、のこのこと満洲から引揚げてきたからと言って、よその女に生ませた男の子の手をひいて、ここへころがりこんで来よっても世話はできん、いくら引揚邦人に同情しろ言うたとて、それは無理じゃ、しかしな、わたしもお金を相当やって子供にはあのきんつばをみな包んでやって帰ってもらいました。おじいさんがあいにくと留守で、それはわしも困ったが……」

おばあさんは一息つきました。

ほんとうにおばあさんは困ったろうとわたしも思いました。そのおばあさんの言葉から、今日来訪した父についての知識を多少ともわたしは知ることができました。

父が、満洲からの引揚邦人のひとりであること、それから父がひとりの、じぶんの男の子を連れていることも……

おばあさんは、又わたしに話しました。

「文子が東京へ嫁に行ったことは話したが、神田の千代田館へ行ったなどとはうっかりしゃべるわけにはゆかんのだよ、千代田館の店先へのこのこ訪ねてでも行かれては大変だからの、桂子にも会いたいと言ったが、おばあさんは会わせるわけには行かんとことわりを言うた。桂ちゃん、よいかの、いまさらおとうさんに会ったとて仕方のない事なんじゃからあきらめておくれの、今になって会いたい子供なら、なぜ捨てて行ったのじゃと、わしは腹が立ってならんのじゃ。

もう二度と家へ来てもらいとうないと、おばあさんもきつく言うた」

おばあさんは大きな仕事をしおわったように、いかにも疲れたらしく又、ほっと息をつきました。こうして早春の一日、はからずも家へたずねてきた父という人に会うすべもない娘でした。朝からの曇り日の空から、この時ぱらぱらとうすら冷たい小雨が降りそそいで、お離れのまえの庭石を濡らしかかってきたのが、縁のガラス戸の外に見えました。

ああ、東京のおかあさんは夢にも何にも知らないのです……。

ノートに

もうわたしはこのノートにかく文字をおかあさんに見せないでもいいと思う。軽々しくおかあさんに見せられない事をこれから書くのだから。またたれにもこのノートは見せられない、だからわたしは、自分で好きなように書いてゆく、このノートはわたしの秘密をおさめておく小さな筥《はこ》となつた。

煩悶

おかあさんがこの家を出て、千代田館のおじさまの奥さんになるという話が起きたときにも、わたしはそんなに悩まなかった。おかあさんがそれで幸福ならそれでもかまわない、またおかあさんの娘のわたしは、おかあさんを離れても、けっして一人ぼっちではない、おかあさんより年齢はとっていても、わたしのことをおかあさんに負けず劣らず愛してくださるおばあさんがいるし、おとうさんのないわたしの家は、わたしが物心ついた子供のときから、おじいさんが、おとうさんがわりに家の中心になっていてくだすったのだし、その点わたしはちっとも困らないで仕合せなのだったから。

それはおかあさんが、いよいようちを離れて、千代田館の人になってしまうということには、どうしてもセンチメンタルにならずにはいられなかったけれども、それは堪えがたいほどの苦しみではなくて、わたしの理性で判断して我慢できることだったのだ。けれどもこんど、わたしのおとうさんという人が生きてこの世にいて、わたしのうちの店先まで来たということは、いままで静かだった池の面にいきなり大きな石がどぶんと飛びこんで、波が起きてしまったようなものではなかろうか。

わたしじしん、おとうさんがお店へきたことを洩れ聞いていらい、そのことで頭がいっぱいになってしまった。

学校へ行っても時おり、ぼんやりとそのことを考えていて、先生にいきなり英語のリーディングをさされたりしたとき、うろたえて、しどろもどろにみっともなく発音を間ちがえてしまったりする。

このままだったら神経衰弱になるかも知れない、英語の単語のスペルを十五も廿もおぼえこまねばならないとき、どうしても頭へはいらない、ほんとにどうしていいかわからない、いったいわたしは何を考えているのか、父のことを考えると胸がどきどきする、父はいったいどんな顔、どんな姿、どんな感じの人だろうと考える、どうしても想像がつかない、そのうえ父の連れていた小さい男の子というのは、どんな子なのだろう。その男の子はおかあさんが違うけれども、おとうさんはわたしと共通なのだ。つまり血は、おとうさんを通じて、わたしとこの男の子を結びつけているのだ。

その小さいかれはわたしの弟、わたしは彼の姉、考えるとなんとも言えないふしぎな気がする、いままで父のなかったわたしに父ができ、そしてひとりっ子だったわたしに弟があるのだった。けれども父はもうこの家の人ではない、だから他人なのだ、その弟は弟ではない、よその見知らぬ男の子にすぎないのだ、そう思ってみれば、なんでもないけれどもなんでもないと思うわけにはゆかない。
やっぱりわたしにはまだ見ぬ父、まだ見ぬ弟と思われる。
その弟がりこうな愛らしい美少年だったら、どんなにかわいそうだろう。
それともいやな浮浪児みたいなひねくれっ子だったらなんと情ないことだろう。
わたしのおとうさんは、おじいさんに感心されない人として、この家を出てしまった人だから
そんなにいい人とは思えない、そう考えると恐ろしい。
わたしにとっては、いっそ、そうした父も弟も一生姿をあらわさないでくれたほうが、どんな
によかったかも知れない。
でもそう考えるのは、わたしの勝手な利己主義の冷酷な考え方であろう。わたしは毎日こんな
ことばかり考えている。
けれどもおじいさんにもおばあさんにも、じぶんがそんなことで煩悶していることは言わな
かった。
おじいさんもおばあさんも、わたしの前では満洲からの引揚邦人として訪ねてきたわたしのお
とうさんについてはなんにも言わない。
それはきっとわたしに、おとうさんのことを考えさせるのがいやだったからにちがいない。そ
れどころかおじいさんたちは、おかあさんが千代田館に行ったことを知られて、そこへ訪ねてで
も行かれたらたいへんだと心配しているのだから。

きっとおじいさんもおばあさんも、わたしのいない時にこの事で、こそこそ心配しているのかも知れない。

だからわたしは、おじいさんたちの前ではなんにも言わなかった、まるでおとうさんの来たことなど、けろりと気にもかけていないようにふるまった。

伯母さん

わたしはおとうさんの問題について、ひとりの伯母さんのことを思い浮かべた。わたしには伯母さんがいるのだった。けれどもこの伯母さんは、ほとんど柳井の家には訪ねてきたことはなかった。なぜならこの伯母さんはおとうさんの姉さんだったから。

おとうさんがこの家にいる時、わたしのなんにもわからない赤ん坊のときは、よく訪ねてきたのだったという。

けれどもおとうさんがこの家をとび出してしまってから、わたしの家とその伯母さんとの交際は絶えてしまったのである。

それでもわたしはこの伯母さんに会うことはなんどかあった。

それはわたしがまだ小学校のころ、学校へ行くとちゅうで、向うから歩いてきたよその小母さ

んが、

「柳井の桂ちゃんだね」

と、声をかけた。わたしは、

「ええ、そうです」

と返事したら、

「ずいぶん大きくなったね」

と、わたしをじろじろ見ながら、わたしの肩に手をかけていきなり泣きそうな顔をしたけれども、その顔はほんとうはきつい顔だった。うちのおかあさんなどと比べて——。

わたしはなんだか気味がわるくなった、どこか田舎のおばさんらしい風をしているこのひとがそのとき童話で読んだ『魔法使いのおばさん』のような気がしてこわかった。そしてわたしはいきなりかけ出して、学校の門へいそいではいりこんでしまった。

その日家へ帰っておかあさんに、きょう道であった気味のわるいおばさんのことを話して、そしてとてもこわかったわと言った。それを聞いたおかあさんは瞬間すこし悲しそうな表情だった。そしてわたしに言おうか言うまいかとしばらく考えていたらしいけれど、やがて思いきったように、

「その人は、桂子の伯母さんなのよ、桂子が小さいころはここへきて、桂子をだっこしたり玩具をくだすったりした善い人なの、だから今日とちゅうで会って、桂子が大きくなったので喜んで

なつかしがったのだから、それをこわがって逃げ出したりしたら、伯母さんはさぞおいやだったろうね」

「だってその伯母さんはどうしてもう来ないの、だから桂子、伯母さんなんて気がつかなかったのよ」

「おとうさんの姉さんだから——おとうさんがいなくなってから、お家へ来ないの仕方がないでしょう」

おかあさんは、おとうさんについての話はしたがらなかったけれども、そのときは仕方なくこう説明した。でもわたしはまだ子供だったし、それに途中で会った小母さんがなんだかこわい人に思えて、家へその人が来ないでも淋しいとも思わなかったし、また会いたいとも思わなかった。

でもそれから間もなく夏になって、ある晩、わたしは店の者とそれにおかあさんも、いっしょに蛍狩に出かけた。

わたしは裾の短かい子供のアッパッパのような服にバンドをしめて、すあしに下駄をはいていた。

それは、蛍を取りにゆく村道に川の流れがあって、そこの蘆のむらがっているほとりによく蛍が止まっているので、それを取ろうとして川へ足を踏みいれてしまうことがある。靴だと濡れてたいへんなので、わざと下駄をはいてゆくのだった。おかあさんは店の者たちだけに、わたしを連れてゆかせると、若いひとたちの元気にまかせて、あぶないとこまで蛍を追いかけたりするだろうとついていらしったのだった。

うちを出て、町はずれのだんだん淋しい村道へかかる、この地方での蛍の名所だという、その村道の川のほとりには、浴衣がけで、うちわを片手に持った大人たちや、長い笹竹をかついだ子供たちが、あちこちにいるようだった。

「ほうたるこい、ほうたるこい」と、いう声があちこちに聞こえた。

闇のなかを蛍は、ちいさいダイヤモンドの粒がとぶようについついと飛んでいた。

おかあさんの顔も、店の者の顔も、闇のなかにすぐ見えなくなる中を、小さな青い光りが、飛ぶのは、子供心にも神秘な印象だった。でも、蛍は思ったように沢山はとれなかった。

川の蘆の葉ずえのところに、蛍は人を恐れてじっとかくれているような気がして、水の面にちらりとうつる光りをたよりに、わたしは川岸に近よって、蘆の穂先にひかる蛍をきゅっとつかもうと思った。

そのとき、わたしは、どぶんと川に落ちてしまった。

赤い緒の下駄を濡らすどころのさわぎではなく、からだごと濡らしてしまったのだ。

いつも、よく足ぐらいは水にはいってしまうことはあったけれども、そんなに深い水ぎわに落ちたのは初めてだった。その水音を一番早く聞いたのがおかあさんで、

「桂子、桂子！」

おかあさんは、気ちがいのように水ぎわに走っていらしった。

店の者たちもそのおかあさんの声におどろいて、蛍籠をおっぽり出して飛んできて、わたしを水からひきあげた。

わたしの服がびっしょりぬれて、裾からぽたぽたとしずくが落ちた。

でも、わたしは泣かなかった。泣くことは自分のあやまちをかえって大きくひろげるようなものだとわかっていた。

「このまま、家へ帰ったのでは、風邪をひいてしまうわ、こまったわね」

おかあさんは叱るよりも、それが心配だった。第一わたしの下駄は片っ方どっちかへ水に流れて行ってしまった。このまま家へは帰れない。おかあさんは店の人にいそいで家へかえって、わたしの浴衣と帯を持って迎えにくるようにと言い、

「わたしたちは義姉さんのところにいるから」

と言いそえた。

店の者はうろたえて、競争のようにいそいで町のほうへ走って行った。その後でおかあさんはわたしの手をひいて、

「そんなぬれ鼠になって、ここに立っているわけにはゆかない。よそへ行きましょう」

と、わたしを抱きかかえるようにして、この川に添う野べをいそいで歩いて行った。

しばらくすると一軒の中くらいの大きさの農家の土間へおかあさんははいって行かれた。

土間からの上り口のひろい座敷には、炉がきってあって、すすけた竹の自在鈎《じざいかぎ》がさがっていた。

天井からさがっている電燈は、わたしの家のよりもずっと暗かった。その炉のそばにいた女の人におかあさんは、

「義姉さん、すみませんが、桂子が蛍狩にきて、川に落ちてしまったものですから、ちょっとここを貸してください」

と、言いづらそうに声をかけた。

その声にびっくりして顔をあげた女の人は、いつか学校の近くで会った、こわい顔のあのおばさんだった。

「えッ！　桂子がどうしたんだい」

おばさんは、もっとこわい顔をして、炉ばたを立って、わたしたちの傍へきた。

「まああこりゃたいへんだ、川へはまったんじゃね、このごろ、この上の村じゃ赤痢がはやっているので、あの川の水、ちょっとでも呑んだら大変なこったぜ」

おかあさんは顔色をかえた。おばさんは炉ばたの自在鈎の大鉄瓶から、お湯を汲んで、わたしの口をすすがせ、

「いま、湯が沸いているから、風呂へ入れて、からだをあたためてやろうよ、早く服をぬぎな」

声はきついけれど、わたしのことを心配はするのだった。

「ほんとうにすみません」

と、おかあさんはきまりわるそうに、おばさんになんどもおじぎした。

わたしはやがて裏庭へ出るほうの土間に、うちの湯殿なんかとちがって、まるで馬小屋のような粗末な板がこいの風呂場にはいり、服をぬいで何杯も熱いお湯をかけられた。

おばさんは、おとなの浴衣を持ってきて、

「間に合わせにこれを着ていなさいよ」

わたしは畳のうえに、長くすそをひく大人の浴衣にからだをつつんで、炉ばたにいた。

夏でもその炉のまんなかには火が起きていて、自在鈎の大きな鉄瓶から湯気が立っていた。

おかあさんとおばさんは、子供にわからないなにか大人の話をしていた。ただその会話のなかで、はっきりわたしにもわかったのはこういうことだった。

「なんちたって、桂子は、わしのたったひとりのだいじな姪なんだから、ときどき遊びにぐらいよこしたっていいじゃないかね」

伯母さんはおかあさんを叱りとばすようなきつい声だった。

「ほんとうにすみません、——おじいさんたちがやかましいものですから」

「あんたんとこのおじいさんは、ほんとにやかましいよ、だからついわしも、桂子の顔見てぇと思ってもゆけねぇわけなんだよ。だからこのあいだも、学校の近くで、この子見つけて、声かけたら、いきなり逃げだすじゃないかね、きっとお前さんたちが、わしのことを悪く言って聞かせているからだと、わしゃ腹立っていたよ」

「いいえ、けっしてそんなことは——」

おかあさんは、とても困っていられた。

「そんなら、ときどき桂子をよこしておくれよ、いいかね、お文さん」

「はい、うかがわせます」

と、おかあさんはそんな約束をしておられた。

でも、わたしはそんなこわい顔のおばさんのところへそう来たいとは思わなかった。なぜならわたしはおかあさんや、おばあさんの愛情になれきっていて、この伯母さんにまで、愛してもらおうという気もなかったからである。

「桂子や、ときどき来ておくれ、ごちそうしてあげるよ」

伯母さんがそう言われても、わたしはだまってこっくりをするだけだった。ほんとうにあいきょうのない姪だった。

やがて迎えの車がきて、わたしは自分の浴衣にきかえて帰った。

その翌日お礼に、わたしは店の者といっしょに、おかあさんからの反物を持って出かけた。伯母さんは大よろこびで、伯母さんのところの畑でできたという西瓜を切って出し、うどんを出し何杯もおかわりをするようにすすめ、わたしはお腹いっぱいになってしまって苦しかった。その上、又とうもろこしの焼いたのも出されて、わたしは胃袋がはりさけるかと思った。

家へ帰って報告したら、おじいさんは、

「子供にそんなに物を食べさせて、病気にでもなったらどうするんだ、うっかり遊びにはやれんよ」

と、苦い顔をされた。それからまた行けなくなった。

そのうちに、戦争がひろがってきて、だんだん野菜なども町にとぼしくなってきたころ、いままで姿を見せなかった伯母さんが、背中にいっぱい野菜をせおって家へこられたときは、さすがのおじいさんも喜んだ。

その後、伯母さんのところへわたしがお使いでうちの取っておきのお砂糖をすこし持って行ってあげた。

それから又二度ほど店の者と、伯母さんの家の野菜をもらいに行ったことがあるけれども、わたしはそんなに伯母さんに親しむこともなく、いつもさっさと帰ってきた。

そうして戦争はすんでしまい、おかあさんが千代田館へ行くようなことになり、わたしはずいぶんしばらく伯母さんのところへ行ったこともなかった。でもこんど、おとうさんというものがわたしの家へいちど姿を現わしたということを知ってから、にわかに、その伯母さんのことを思い出した、何故ならそのおとうさんの姉さんがその伯母さんだったから。

おとうさんという人は、うちへも来たくらいだから、きっとその伯母さんのところへも行ったろうとわたしは想像した。だから伯母さんのところへ行けば、きっとおとうさんに会えるにちがいない。おとうさんもわたしに会いたがっているだろう、いえいえそんなことはない、わたしが赤ん坊のとき、家をとび出して行ってしまったおとうさんだもの、なんとも思っていないかも知れない、だから会いに行ったたって仕方がないというような気がする。

しかも、ふしぎなことに、わたしはおとうさんに会いたいとはそんなに思わないのに、おとうさんの連れていた男の子、わたしの弟にあたるはずのその子に会ってみたい気がしてならないのだった。生まれてから兄弟を持たないわたしは、男の子の、弟ということばにたいへんな魅力を感じてきた。ああ、どんな男の子だろう？　伯母さんの家に行けば見られるかも知れない。

伯母さんの家へ行ってみようと思う誘惑はかなりはげしく、わたしの心をゆすぶった。

でもおじいさんおばあさんにだまって行ってはいけない、けれども、もし伯母さんの家へ行くといったら、おじいさんとおばあさんは、おとうさんに会いに行くのだと思ってとめるかも知れない。やっぱり秘密で行くより仕方がない。

幾日もいくにちもこの問題のために、わたしはほんとうに生まれて初めての煩悶をした。

その時はしみじみやはりおかあさんが、千代田館へ行かずに、家にいてくだすったらどんなによかったろう、おかあさんと二人で、おなじ心配や煩悶をすることができたのにと悲しかった。

おでん風景

ついにその日がやってきた。わたしは伯母さんの家を訪問しないでがまんするという、克己心が（伯母さんの家を訪問したい）という誘惑に、みごとに敗北してしまった。そのけっか、ある日、わたしは学校からの帰りを、じぶんの家への帰り道とは反対の方向へと、向かってあるきだした。

春の休暇はもうおわって、新学期が始まってまもなくだった。この町の桜の名所とされて、町や附近の人たちがお花見に行く桜ガ丘は、わたしが今行こうとする、伯母さんの家のある村に行く道のとちゅうだった。

もう花の盛りは過ぎていたけれども、まだまだお花見気分はただよっていた。

わたしはお花見に行くわけでないから、その丘にはのぼらず、ただ一すじにぐんぐんと、丘のまえの道をあるいて行く――そのあたりは、人がぞろぞろ歩いていて、道ばたには、風船売や、風車売が立っていて、また、下駄のはな緒のような実用品を売る縁日商人が、むしろをひろげて声だかく、とおる大人の足を止めていたし、またおもちゃや飴をならべて、子供たちをたからせているところ、おでん屋も出て、鍋から湯気を立てていた。そうしたおでん屋のようなものは、あちこちに出ていた。

わたしは、その人のなかを、連れもなくひとりで歩いて行きながら、もし家の店の者や、だれかわたしを知っている人に行きあいはしないかと心配をした。

「桂ちゃんが、きょう桜ガ丘んところを、ひとりで歩いていましたよ」

などと、家のおばあさんに、悪意もなく、言いつける人がいたら、どうしようかしらと心配なのだった。

あんなに、孫のわたしをかわいがってくれるおばあさんの気持をうらぎって、きょう、こうしてないしょで伯母さんの家へ――(満洲から引きあげてきたおとうさんのようすを訊きに)――行くことは、たしかにいけないことだと思いながらも、それに打ちかつことができないで、こうして歩いて行くわたしだったから。

でも幸いなことに、だれも知った人にあわないで、その道をくぐりぬけそうだった。もうその桜ガ丘の裾の道の、おしまいごろの場所に、また、おでん屋の店がぽつんと出ていた。わたしの町のおでん屋というのは、東京ふうの大きな鍋に、いろいろなものをごったにまぜて煮るのを、関東ふうのおでんと言って、やはりあることはあるけれども、それはお酒を飲む大人の人のお肴で、子供たちが食べるおでんは、味噌でんがくのこんにゃくだった。長方形にちいさく切ったこんにゃくに、竹の串をさして、しんちゅうのお釜に何本もさしこみ、ぐらぐらと煮たのをふきんの上でたたいて、水気を取り去り、それに刷毛で、両面におみそをぬりつけたものだった。そのおみそは、ごまや山椒の葉をすりこんで、香ばしい味のするお味噌だった。と書くと、まるで、婦人雑誌のお料理の記事をまねするようだけれど……。

わたしも、子供のころ、冬の縁日やお祭りのときには、そのおでん屋台が出ると、それを買って食べたがった。おかあさんやおばあさんが、「女の子は、往来でおでんの串をくわえてはみっともない」と言って、家へ買ってこさせて、食べるのだったが、屋台から家まで持ってくるあいだに、冷めてしまって、味がなくなるのでつまらなかった。わたしの子供のころの『希望』の一つに、なんとかして、いちどおでんの串を、その屋台のまえで、ぱくりと口に横くわえに食べてみたいことだった。……けれども、その望みはとうとう果たされないで、こうして女学生になってしまったから、なお、その希望を果たす日は、永久になさそうだった。

いま目のまえに、その子供の日の思い出のなつかしいおでんの屋台が出ていて、昔のように真鍮ではないが、アルミか何かのお釜のなかに、青い竹ぐしの先をのぞかせて、こんにゃくが湯気を立てて煮えていた。茶色の小さいかめには、どろりとしたお味噌の摺ったのがはいっていて、刷毛がさしこんであった。わたしの子供のころは、一本幾銭かしかしなかったけれど、いまはもう五円もするのかも知れないと思う。だのに、子供たちは、そこにも四、五人かこんで、手に手におでんの串を受取って、おいしそうにかぶりついていた。小さいかれらはこんにゃくについたお味噌を、口のはたにこびりつかせて、くわんくわんの口をしていた。

そのなかに、ただひとりの男の子が、他の子たちの皆おいしげに食べているのをうらやましそうにじっとみつめていた。その子は、泥まみれになった国防色――あの戦争中、兵隊服も国民服というのもみなこの色だった。あんまり美しい色ではない――それはまるで、大人の服を縫いちぢめたような、ぶかっこうなのを着て、その少年は、髪の毛も伸び、顔もよごれていた。そしてはだしだった。まるで東京の上野公園あたりにいる浮浪児というのは、こういうのかと思った。

わたしの町には、そんなふうな戦災孤児の姿はめずらしいことだった。戦災をまぬがれた幸福なこの町は、どこかのんびりとしていて、そんないたましい子はいなかったのである。

だから、わたしは、その子に思わず眼をとめて、みつめた。眼鼻立ちは、憎らしいあらあらしいほうでもなかったが、なんだか心がさむざむといじけて、だれもこの子を愛する者がない、哀れな孤児というふうな感じだ。その少年は、どこかで拾ってきたような、雑種ののら犬のちいさいのを連れていて、その小犬の首を荒縄でしばって、その先を持っていた。なわを首輪にしている犬だけれども、その少年は、じぶんは汚いなりをしても、連れている犬は、きれいに洗って、かわいがっているらしかった。そして、その少年も、どんなにかおでんが食べたいのだろう。だが、かれはお金を持っていないのだ。ほかの子供たちが食べるおでんを見つめながら、唾をのみこむようにしている……。

わたしは、なんだかそのまま、その場を立ち去りかねた。わたしが子供のころ、一度おでん屋台のまえで、竹の串に刺したおでんを、横くわえにぱくぱくと食べてみたいと思って、ついに果たされなかった『願望』を思い出すにつけ、いまこそ、この浮浪児のような哀れな少年に、わたしの果たせなかった願望のかわりに、おでんの串を横くわえに食べさせてやりたくなった。

「おでん屋さん、この子におでんをやってちょうだい、お金はわたしがはらうわ」

と、おでん屋のおじさんに言った。わたしは決して『慈善』をしようと思ったのではない。あるいは、そんな気持がすこしは働きかけていたかも知れないけれども……。

それよりも、おでんをその子に、望みどおりに食べさせてやることが、わたしじしんの喜びになる気がしたからだった。

おでん屋さんは、すこしびっくりしたようだったが、商売物が売れるのだから、「へい」と、一本のおでんの串を、釜から取りあげると、ふきんのうえにかるく叩くと、それへ味噌のつぼから刷毛でたっぷりと塗って、その浮浪児めいた少年にさしだし——

「さあ、たっぷりおまけにうまい味噌をつけておいたよ、この姉ちゃんのごちそうだよ」

と、よけいなことまで言うのだった。だが少年は、すぐその串を受けとろうとせず、わたしのほうを、白い眼でにらむようにじろっと見て、うじうじしていたが、わたしが微笑して、

「遠慮しないでおあがりなさいね」

と、言うと、少年はいきなり、きゅっとひったくるように、おでんの串をじぶんの手にとるとまるで盗みでもしたように、いきなり屋台のまえを駈け出した。縄をつけられた犬も、ひきずられるようにして、少年のあとを走った。

わたしは、なんといういじけた子だろうと、かわいそうに思って、それを見ていると、一、二間走ったところで、少年は歩みを止め、こちらに背中を向けたまま、下うつむいて、やっともぐもぐとおでんを食べだしたらしい。

そのうしろ姿が、わたしはなんともいえず、いじらしくあわれだった。

おでん屋のおじさんは、その少年のほうをにくにくしげに見やりながら、わたしに向かって、

「だめだねえ、せっかく御馳走してもらいながら、『ありがとう』とお礼の一言もいえないようなやつは、ばかだね」

と、言ったけれど、わたしは、その見知らぬ少女から、おでんを恵まれたのを恥じいって、お礼が言えないのだと思った。その子はまだ、乞食根性にはなっていないのだという気がした。わたしが、おでん屋のまえをはなれて、その子のそばを通りぬけて行こうとしたとき、少年はわたしのほうを見ながら、はにかんだようにちょっと笑った。それが、かれがあらわした精一ぱいの、無言の感謝らしかった。

わたしも笑いかえした。そのとき少年は、もうすでに、串の先のこんにゃくの田楽を、三分の二まで食べていた。そして終りのすこしが、串のなかほどに、旗のちぎれたようにぶらさがっていた。かれはそれも、きっと食べたかったのであろうけれども、がまんして残したのは、かれが縄でひっぱっている小犬にあたえるためだった。

かれは、この残りのおでんを、小犬の口のそばへ持ってゆきながら、

「ポチ公、うまいぜ」

と、言った。犬はペロペロと味噌をなめたが、少年のおいしいと思ったほど、この味噌のついたこんにゃくは、この小犬にとって、さほどごちそうでもなかったらしい。

わたしはその光景に、たいへん感動した。泥まみれの服を着ていながら、かれは、じぶんの連れている犬にも、じぶんの食べものをわけることを忘れないのだ。なにか、その少年に口をききたいと思ったけれども、それは却って少年をまごつかせると思って、わたしは足早にそこをはなれて、伯母さんの家の方角へと、足を早めた。

かくて、そこに

わたしが伯母さんの家へはいりかけたとき、伯母さんは井戸ばたで、このへんの山から取ってきたらしい山うどを洗っていた。井戸ばたの筧《かけい》の桶には、わらびの束があふれる筧の水に、絶えずおどっていた。伯母さんはわたしの姿をすぐ見つけて、

「桂ちゃん、まあお前、ひとりでよく来てくれたね」

と、うれしそうな声をあげて、ぬれた手を大きくふって、わたしのそばへ近づいた。木綿じまのモンペを着た伯母さんは、いつかもうせん見た時よりも年とって、白髪がふえて、眼と眼のあいだにしわが寄って、なんとなく前よりもこわかった。でもわたしには、できるだけ優しい眼つきをしていようとしているようだった。

「桂ちゃん、お前やっぱり、おとうさんのことを心配してやってきたんだろう、そうだろう。やっぱり親と子だものねえ、桂ちゃんとこのおかあさんは薄情者で、東京へお嫁に行ってしまったそうだし、おばあさんときたら、お前のおとうさんが、せめてお前の顔をひと眼でもみたいと、せっかくたずねて行ったのに、会わせもせず追っぱらうんだからね……」

伯母さんは、ちいさい姪の顔を見るなりに、わたしのおかあさんやおばあさんに対しての、不

平や不服を、いちどに言い述べるのだった。わたしはすっかりまごついてしまって、なんにも言えず立往生していた。

「まあまあ、お前よく来てくれたんだから、おはいりよ」

伯母さんも、わたしに怒ることは見当ちがいだと思って、わたしを連れて家のなかにはいった。いつか、蛍狩にきたときも坐った、土間のあがり口の炉のふちに、伯母さんはわたしを連れて行った。

炉の煙ですすけたこの家には、戦争中野菜を貰いにきたりした時いらいの、ひさしぶりだった。伯母さんは戸棚をあけて、おまんじゅうのはいっている丼を出して、わたしのまえに置いた。そのおまんじゅうは、このへんの村でよく作る手作りのゆで饅頭で、メリケン粉のこねた中にあんを入れて、大福のような形にし、そのうえを指三本で押して、三筋の跡をつけた、すこしやばんないなかまんじゅうだった。

でも、このへんの田舎では、お祭りでも、田植の後でも、お盆でも、いつでもよくつくるおまんじゅうだった。伯母さんは、そうしたものを出し、わたしをもてなし、いい伯母さんになりたいと努力するらしかった。わたしは、伯母さんをすこしもきらってないという心を示すかのように、その指の跡のついたおまんじゅうを食べ、セピア色をした苦い番茶を飲んだ。

「桂ちゃんは、おとうさんが訪ねてきたことだけは、知ってたんだね?」

「ええ」

と、うなずくと、伯母さんは、

「ふーむ」

とうなるようにして、

「さすがにおばあさんも、そこまでかくせなかったんだね、でも、なんて言っていたかね?」

そう聞かれて、わたしは困ってしまったが、

「いまさら会わせても仕方がないから、とおばあさんは言いました」

「ふーむ、そんなことを言って。お前のおとうさんは、子供の顔は見たかったけれども、なにもお金をゆすりに行ったわけではないんだからね」

わたしは黙っていた。そして心ひそかに、伯母さんがなにもそうがみがみ怒らないでも、もしこの伯母さんの家にそのおとうさんがいれば、今日ここへきたわたしとは、ひょっこり会えるのではないかと思った。

「桂ちゃん、お前はおとうさんに会ってみたいだろうね」

伯母さんは、わたしの心を見ぬいたように言い出した。わたしは思わず「ええ」とうなずいてみせた。

「せっかくお前はそうしてきたけれども、もう間にあわないよ。おとうさんは、ああしてお前にもあわれなかったので、がっかりして、二、三日まえに東京で職をさがすと言って、行ってしまったんだよ。真吾はいつも、そうふらふらするところが一番わるいんだけれどねえ、そんなだから

ついお前をのこして、あの家をとび出したりもしたんだよ」

真吾とは、わたしのおとうさんの名前だった。でもわたしは、まだ見ぬ父が伯母さんの家を出て、東京へ行ったということを聞いて、失望しないばかりか、かえってほっとした。なんと言っていいかわからない気持——初めからわたしは、おとうさんにあうのは恐ろしいような気がしていたので、会わないほうがいっそいい、という気にさえなっていた。それはおばあさまと同じ意見だった。でもまたその一面、会いたい、おとうさんと、その弟という男の子に——こうしてふらふらと今日きてみると、もうその父はこの家にいない、ああやっぱり、それが運命なのだとあきらめてしまったほうがいいと思った。でも、おとうさんの連れていた、じぶんのまだ見ぬ弟も見られないというのは、そのほうが残念だった。

「伯母さん、おとうさんは、男の子をつれていたんですってね、おばあさんがそう言っていましたが」

「ああ、真吾も満洲でお嫁さんをもらったのさ。お前のおかあさんとは離縁になっていたんだから、仕方がないよ。そしてお前とはおかあさんのちがう男の子がひとりできたんだけれども、その子のおかあさんは死んでしまって、真吾とその子ふたりだけで、ひょっこり帰ってきたんだよ」

「伯母さん、その男の子はどんな子ですの?」

伯母さんはいやな顔をして、首をふった。

「だめだめ。お前のおかあさんのお文さんとちがって、満洲あたりでもらった嫁さんの生んだ子だもの、ほんとうにそりゃしつけもへちまもなくって、行儀のわるい、らんぼうな、ちっとも言うことを聞かないわんぱく小僧で、ここへいきなり連れてこられて、わしもそりゃ手を焼いたよまったくねえ、おなじ姪や甥でも、伯母さんは桂ちゃんのことは小さいときから抱いてやったりして、血のつづいているかわいさがあるけれども、あの三吉ときたら、わたしはちっともかわいくないんだよ。あんな子がなければ、真吾も日本へ帰ってからも、なんでもして働けるんだろうけれど、あんないたずら小僧をつれていたんじゃあ、どうにもならないよ。東京へ出て行ったからって、あの子供連れじゃその日からこまるからねえ、仕方がないんで、わたしはいやだったけれど、その子はここへ置いて行かせたのさ」

伯母さんは、いかにもいまいましげにそう言った。でも、わたしはほっとした。母に死に別れて、流浪の父に連れられ、はじめて内地へ帰った、このあわれな男の子——わたしの異母弟が、ともあれ、食べるには困らないこの伯母さんの家に保護されているのだから、せめても安心だとこの弟のためによろこんだ。

「おばさん、その三吉さんにわたし会ってもいいわね。おかあさんはちがっても姉弟ですもの」

わたしを、今日この家に向かわせた目的は、このまだ見ぬ弟にあえるという気持があったのだから……。

「そりゃ会ってもいいけれども、お前が弟だなんていうのが恥ずかしくなるような、いやな子供なんだよ」

「そう。でも、わたし会いたいわ。なんだかかわいそうな子だと思って……」

伯母さんは立ちあがって、縁側へ出て、大きな声で「三吉、三吉！」と呼んであたりを見まわしながら、舌打ちをして、

「いやな子だね、ちょっとも家になんか、いやしないよ。すぐどっかほっつき歩いて、いつも村の子と喧嘩したりして、泥だらけになっているんだよ」

その伯母さんの言葉つきで、その三吉というわたしの異母弟が、けっして伯母さんには歓迎されない甥であることを知って、わたしは胸がいたくなった。しかも、残念にもその子は、いまこの家にいないのだ、愛されない家のなかよりは、外で遊ぶほうがいいのだろう。

「伯母さん、じゃあ今日は帰ります。おばあさんにないしょできたのですから」

わたしは、炉のふちを立ちあがった。

「そうかい、また来ておくれね。伯母さんは桂ちゃんのことは、かわいい姪なんだから」

そうなごり惜しそうに言って、土間へいっしょに降りた伯母さんは、井戸ばたのほうをさして、

「あすこにあるわらびだの山うども、お土産に持たせてやりたいけれど、おばあさんにないしょできたんじゃあ困るねえ」

と、残念そうだった。わたしも又そんな野菜を持って帰れば、伯母さんの家へきたことがばれるから、もらっても困る。

「おばさん、さようなら」

と、わたしはおじぎして、伯母さんの庭へ出ようとしたとき、入れちがいのように、ひょっこりと、犬を連れた、あのとちゅうおでん屋の屋台のまえで会った浮浪児めいた少年が、あの犬をひっぱってはいってきた。

「このばか、どこへ行ってた？　桂ちゃんが、お前のような奴にでも、会いたいってきたんじゃないか」

おばさんは、いきなりその子をぴしゃりとたたいた。

「おばさん、止して！」

わたしは泣き声を出して伯母さんの手をとめ、この泥だらけの三吉を、じぶんの胸に両手でかかえるようにして、かばった。

「ああ、三吉って、あなただったのね」

わたしはその子を抱きしめて、泣き出したくなった。きょとんとしている三吉の口のまわりには、まださっきのおでんの味噌が少しくっついていた。

「三吉さん、わたしはあなたの姉さんなのよ、おかあさんはちがうけれども。だから会いたいと思って、いま来たところ」

そう言いながら、わたしの眼から涙がながれて、止めようがなかった。三吉はなにも言わなかったけれども、わたしの胸に顔を押しつけるようにして、しくしくと泣き出した。母はたがいにちがう姉と弟は、しばらくそうして泣きあっていた。そしたらふしぎにも、伯母さんもまた、おいおい泣き出した。

嘘

わたしは生まれてから、そんなに嘘をつかずに育ってきた子供だと思う。

なぜなら、ひとりっ子で幸いとおじいさんおばあさん、それにおかあさんの三人の大人にかわいがられて、つねに愛される小さいもので暮らしていられたから——。

こういうことをすれば叱られるとか、ああいう事をうっかり言えば、許してもらえないとかいうような恐れを、ふつうの子供よりも味わわずに、なんでもねだれば買ってもらえるし、駄々をこねればじぶんの言い分がとおるような気がしていた。

だから嘘をつくひつようがなかったので、それがわたしを努力せずに正直な子供にしていた。

けれども、こんどはいよいよ嘘をつき、おじいさんにもおばあさんにも、またおかあさんにもいっさい報告しない一つの秘密をつくってしまった。

この『秘密』というもの、いちど胸のうちに種子をまくと、芽が出て葉がしげって、ぐんぐん大きくなって、もういまさら切りとろうと思っても、なかなか切りとれないほど、はびこって行くものだった。その『秘密』の樹はおばさんのところに、わたしがだまって出かけて行き、ないしょで弟の三吉にあうことだった。

三吉はわたしの弟――でも弟は弟でも、正しく書くと『異母弟』と書くのだという。

なんだか寂しい字である、でも、かれは私にとっては、だいじな一人の弟になってしまった。

なぜ、いつの間に、わたしはかれを自分の弟として愛情をおぼえるようになったのかしら。それについてわたしは考えたことがある。そして、こういう結論をした。

それはもしうちのおかあさんが東京の千代田館へお嫁に行かなかったならば――つまり前とおなじように、おかあさんがわたしといっしょにおなじ家に暮らしていたとしたらば、そこへおとうさんが満洲から連れてきたという、三吉というあの浮浪児のような男の子に、愛情を感じなかったと思う。

その子は、わたしのおかあさんとはちがう人が母親なのだ。

その感情のほうが強くはたらいて、とてもあの三吉の姉さん気どりはできなかったと思う。だが、おかあさんはもうわたしのところからはなれて、東京へお嫁に行ってしまった。わたしはそれが、おかあさんの幸福だと思って、おじいさんおばあさんと暮らす決心をしていた。

ともかく今、わたしの傍におかあさんはいない。おじいさんとおばあさんはいるけれども、わたしはなんとなくおかあさんを失った孤独の女の子の気がしている。

ところへおかあさんはちがうけれども、おかあさんに死に別れてしまった少年の三吉があらわれた。そして、ふたりともおとうさんは同じ人なのだった。母のない姉弟が寄りそう気持で、しぜん、わたしは三吉に近づいて行った。

三吉もこわい伯母さんよりは、最初見ず知らずの通りがかりの女学生として、おでんを一本買ってもらっていらい、それがおかあさんのちがう姉ちゃんだったとわかって――小さいあわれな彼にとって女神のようなものにわたしはなってしまったのだった。

でもそれは、わたしにには楽しいことだった。

わたしは『愛する』者を持つ幸福を、はじめて知った。

思えば今までは、愛されることばかりを知って、愛することをすこしも知らないわたしだった……。

こんな心の変化を、おじいさんもおばあさんも、すこしも知らない。まして東京のおかあさんなど夢にも知るはずがなかった。わたしはときどきおかあさんへも手紙を書いた。でもそれにはいつも、元気で勉強していること、おじいさんやおばあさんも丈夫で暮らしていること、『お母さんどうぞご安心ください、おだいじに』といつも書くだけだった。

わたしは三吉に子供らしい清潔な男の子の服を買ってやりたいと思った。それから靴も一足、でもそれはたいへんなお金だったから、それはとても女学生のわたしの手で出すわけにはゆかなかった。

わたしはそのために、幾カ月もの貯金を計画した、といってまだわたしたち女学生は、この土地で、アルバイトというものをすることはなかった。

だからわたしは、あまりよくない考えだけれど、一つのことを実行した。

学校のノートを買うとき、一冊それが二十円のものは、おばあさんに二十五円だと掛値をして言った。

「ほんとにねえ、こんな悪い紙の雑記帳がそんなに高くなったのかえ、いやになってしまうね」

とおばあさんは言いながらも、かわいい孫のわたしのために、いつもお金を出してくだすった。

おばあさんは、おかあさんがいなくなってから、なおわたしの言うことをよく聞いてくださるようになっていた。

ノートいがい、あらゆる学用品にそれぞれ適当な掛値をして、わたしはおばあさんをあざむいた。

わたしはずいぶん高い靴下を何足も買って、おばあさんをびっくりさせたり、クラスのお友だちが病気なので、四、五人で果物を買ってお見舞に行くといって、お金をもらった。でもこれも嘘だった。クラスではだれも病気をしていなかった。

あまり今まで買い込まなかった学校の参考書というものを、わたしは時々買うようになった。おばあさんは幸い本の裏の定価など見ずにわたしを信用してくだすった。こうしてわたしはせっせと貯金した。けれども、子供の洋服や靴を買うのにはまだ足りなかった。

わたしはとうとうそのお金を持って、伯母さんのところへ出かけた。

「伯母さん、わたし自分のお小遣を一生けんめいでためたのよ。でも三ちゃんの服や靴を買うのにはまだ足りないわ。困ってしまうわ」

「それはそうだろうよ、桂ちゃんのお小遣をいくらためたって、いまどき子供の服だって、ちょっとは買えやしまいよ」

「ほんとに困ってしまうわ、三吉が女の子なら、わたしの古い服やセーターやれるんだけど…」

小さい男の子に、スカートは穿かせられない。わたしたち女学生は、冬は防寒的にズボンも穿くのがはやるけれど、男の子がスカートを穿くことははやらない。

伯母さんは、わたしのお金をまえに、しばらく考えこんでいたが――

「桂ちゃんがそんなにまでして、あの子をかわいがってくれるんなら、伯母さんも一つ奮発せにゃなるまいな。米の闇売をしちゃいかんと農会から言われているんじゃが、そうもならんわなあせっぱつまれば――」

そう言いながら、伯母さんは土間に降りた。土間にごたごた置いてあるもののかげに、供出のとき残したお米がかくしてあるのだ。

伯母さんは今まで三吉に冷淡だったけれど、わたしが小さいかれのことを心配するにつれて、伯母さんもまた、かれを彼女のひとりの甥としてかわいがるように、心が動いてきたのだった。

こうしてやっと三吉には、そまつなものながら、新しい靴と服ができた。もうかれは、頭をまえのようにぼうぼう伸ばさずにきれいにバリカンで刈って、けっして浮浪児には見えなくなった。

だがかれの顔はひょうきんで、ちょっと漫画のいたずら小僧のようだった。でも凸坊のようでかわいいとわたしは思った。

伯母さんは、三吉の顔がもっとお坊ちゃんらしいといいと思うのであろうか——

「なんてあの子は、とんきょうな顔しているのかいな。とてもあの子は今に学校へあがっても勉強はようできんじゃろう、早く百姓のこつでも教えることだな」

伯母さんはこう言った。

たしかに三吉は、いたずら小僧だった。せっかくわたしが苦心さんたんして、新しい服を伯母さんと共同して買ってやったのに、あの犬のポチと遊んで、ポチが泥だらけの四つ足で、かれのからだにじゃれついたから、おかげで新しい服は泥だらけになったのも平気でいた。それに洟を手で拭いては、胸のところへなすりつけるのがくせだった。

「三ちゃん、お洟は手で拭くもんじゃないわよ」

わたしはそう言って、かれにハンケチを持たせねばならなかった。

わたしのポケットにあった洗濯したてのハンケチを、細ながくたたんで、安全ピンで上着にとめておいてやった。

そのハンケチには、わたしの学校と名前がかたすみに墨でかいてあるものだった。

東京のおかあさんから、ある日小包がきた。それはわたしの服地だった。赤と青の線のはいった格子縞の木綿の夏の服地で、いくらでも洗濯のできるものだった。

「これは大したものだ、きっと舶来だよ」

おばあさんとおじいさんは、布地をたたみのうえにひろげてよろこんだ。

きっとおかあさんは、桂子とはなれていても、けっして忘れないというしょうこにこれを送ったのだと思う。

おばあさんは、街の洋服屋にこれをいい形に作らせるようにと言ったので、わたしは洋服屋に行った。

それは、学校の制服をつくるより、もうすこし高級な洋裁師の店だった。仕立代は相当に高かった。わたしはそれをワンピースの形にした。スカートは長いのがはやり出していたから、すこし長めにするようにと店の人は言ったけれども、わたしは、女の子が大人の女のひとのまねをして、長いスカートをひきずるのはみっともないと思って、そんなに長くはしなかった。そのかわり、余ったきれで頭にかぶれるようなネッカチーフを一枚分とってちょうだいとたのんだ。

家へ帰ってきて、仕立代を言ったら、おばあさんは、

「やれやれ文子はとんだものを送ってきたね」

と笑った。

わたしは今度はちっとも掛値などしたのではなかったのに――

わたしはあの新しい服ができたら、服とお揃いのネッカチーフをかぶって、三吉をつれて、この町の夏祭りの通りを歩いてみたいと空想した。でもうっかりそんなことをして、おじいさんた

ちや店の者の眼にみつかって「その男の子はだれだ」ときかれたら大へんだと思った。うっかり秘密を持ってしまったわたしは、ほんとうに不自由だった。

わたしは仮縫にその服屋へ行ったとき、三吉のシャツに好いような白いポプリンの余り布地を売ってもらった。

そのきれには、すこし織りきずがあるので、たいへん安くゆずってくれた。

学校の裁縫教室のミシンで、わたしはそれを、子供のかいきんシャツをかわいらしく小さくしたような形に、その胸のひだりにポケットをつけて、そのポケットに青い糸で、三吉の頭文字を刺繍しようと思った。そして、三吉の名前は知っているけれど、苗字は、と思ったとき、わたしは悲しかった。わたしは父の姓を知らない。わたしの家にいた時は家の名の柳井だったはずだが。

でもそのうちにわたしはたしか、鈴木三吉と何かに書いてあったのを思い出した。それでわたしは、小さいポケットの上へS・Sと二つの頭文字を花文字でならべた。

刺繍を自己流でしたのだから、あまり上手ではなかったけれど、S・Sと頭文字がはいったので、このシャツが上等のように見えてうれしかった。

出来あがった日、それを持って伯母さんの家へとどけに行くと、

「あの子にはもったいないよ、すぐに汚すんだもの、これはうっかり着せられないね」

と言いながら、伯母さんはそのシャツを撫でたりさすったりしていた。

「きょうはうどん打ったから、いっしょに食べて帰らないかい、桂ちゃん」

井戸ばたの筧のなかには、まっしろなうどんを入れたざるが入れて、冷してあった。うどんをごまをすって出汁でのばしたおつゆで食べるのは、この村でのごちそうだった。わたしも、もうせん伯母さんの家でご馳走になったことがある。

わたしはいつも、伯母さんのところへ三吉に会いにくると、うちへないしょでくるので、早く帰らなければいけないと思って、ろくに坐っていられないようにそわそわして帰るのだったが、そのころはもう夏の日で、日ぐれがおそく、もうすこしゆっくりしていても途中暗くもならず、学校でバスケットの練習をしていたといえば、うちではうたがわないから、きょうはもう少しいようと思った。わたしの学校では、この夏、外の女学校とのバスケットの対抗試合があるので、たいへんだった。わたしもその選手のひとりだった。

三吉はそとからポチをつれて、うちへかけこんできて、わたしの背中にすがりついた。

「これ、今日はもしないで、なんだね。いきなり姉ちゃんにかじりついて」

伯母さんは三吉をたしなめるのだったが、わたしは、お辞儀もせずにいきなりしがみつかれたのが、うれしかった。

胸にぬいのある新しいシャツは、かれをよろこばせた。

「これお正月に着るんだろ、姉ちゃん」

とかれは言った。

「お正月じゃないわ、夏のお祭りに着ればいいのよ」

上着なしの半ズボンに、このシャツを着て歩けば、顔はとんきょうだが、眼がくりくりしているから、どこか可愛らしいにちがいないと、わたしは思った。

東京へお嫁に行ってからも、おかあさんはわたしにああして洋服地を送ってくださる。だがこの男の子には、そういう優しい母は永遠にいないのだ、もしわたしがしてやらなければ、かれはいつも汚い服を着て、泥だらけになり、伯母さんに叱られてばかりいなければならない。

かれのおとうさん、そしてわたしのおとうさんでもある人は、この子をこの家へ置いたきり、東京へ出てからなんの便りもないと伯母さんは怒っていた……。

わたしはその日、はじめて三吉といっしょに御飯を食べた。御飯はあのうどんだった。伯母さんのおつゆは少しからかったけれども、でも冷たくて歯にしみるような白いうどんは、おいしかった。町にいては、とてもこんなおいしいうどんは食べられない。おばあさんもうどんが好きだから、少しおみやげに貰って帰ったら、どんなに喜ぶだろうと思ったけれども、ないしょで来ているのでそれができなかった。

だが、伯母さんのほうは平気で、

「このうどん、たんとあるけん、ちっとうちへ持って帰らんかいな」

と言い出した。

「ないしょで来たんだから、持って帰れないわ」

と、わたしが言うと、

「ほう、そういうものかいな――」

と伯母さんはうなずき、そして言った。

「そんならこんど作ったとき、こっちから持たせてやろうわい」

三吉は、おつゆのお椀に鼻の先をつっこむようにして、つるつるとうどんを一生けんめいに食べていた。

かれの頬っぺたにまで、ごまのおつゆがついていた。

「三ちゃん、顔がよごれていておかしいわ」

とわたしが笑うと、かれは半ズボンのまえに安全ピンでとめてあるハンケチ――（いつかわたしがやった、わたしの学級と名前のある）のをはずして、顔をごしごし拭いた。

そのハンケチは、もうずいぶんよごれていた。わたしは帰るとき、井戸ばたでそのハンケチをよく洗って干しておいた。

「おばさん、またきます。さよなら」

帰るわたしを送って、三吉はポチをつれて、いつかこの子に初めて会ったあの桜ガ丘のはしまで送ってきた。

たくさんの桜の樹は、青葉がしげって、さくらんぼが赤くうれていた。

「もうお帰んなさい、おそくなるからね、伯母さんに叱られるといけないから」

わたしは三吉のついてくるのをとめて、ひとりでさっさとそこから歩き出した。しばらくすると、後から三吉のせい一ぱいはりあげた声がした。

「姉ちゃんサイナラ、またきてね」

わたしは後をふりかえると、小さいかれは犬をつれて、わたしの後姿をみつめて、いつまでも立っているのだった。

「ええ、またくるわよ。三ちゃん早くお帰んなさい」

わたしはそう言って、かけ出すようにして歩いた。しばらくすると、また後からかれの声がした。

「姉ちゃんまた来てねえ……」

わたしはかわいそうで、かけもどりたいような気もした。空には銀色の新月がぽっかりと浮かんでいた。

わたしが町へはいって、じぶんの家の近くの通りを歩いているときも、

「……姉ちゃん、またきてね……」

と、いう声が、後からするような気がしてならなかった。

町にはもう灯がついていた。

うちではおばあさんが、わたしの顔を見るとすぐ言った。

「バスケットの練習もあんまりそうしては、からだにさわるけん、気をつけんといけんぞい、桂ちゃん」

わたしはそのおばあさんの顔を見ずに、

「ああ疲れた、お風呂へはいろう」

と、湯殿のほうへかけ出して行った。

祭りの日

町に夏祭りの日がつづいた。町の大きな神社の鳥居の両わきに、奉納の絵行燈《えあんどん》がたくさんならび町のどの店さきにも赤い祭提灯がぶらさがった。

町内のかどかどには、その町の御神輿《おみこし》の小屋ができて、朱塗の角樽のお神酒がならび、町内の若い衆が――昔はおそろいのゆかたを着た、わたしの小さいころは――けれども今はそんなぜいたくはできないから、思いおもいのゆかたで、帯をわざと下のほうに結んで、お祭りの世話をしていた。

うちのおじいさんたち年とった人たちは、紋付の羽織や袴をはいて、おみこしの渡るときは神主さんたちと先に立つのだった。

おみこしをかつぐ若い人たちは、頭にはちまきをして、はっぴを着たり、ゆかたのすそをはしょって、たすきをかけて素足になり、神輿の台の下に両がわから肩を入れて、「わっしょい、わっしょい」と声をそろえて、もみあうようにかついで歩くのだった。

おみこしは右にゆれたり左にゆれこんだり、うっかりそばに近づくとあぶないようだった。

そうした大人の男の人をまねして、町内の小さい男の子たちは、中には女の子まで、子供の着る小さいお祭りの水色のはっぴを着て、背中に赤い巴の神社の紋をつけ、赤いたすきをかけ、その背の結び目に鈴がついていて、ちゃらんちゃらんと鳴る、また牡丹の造花をつけた花笠を背に負っているのもあった。

わたしの家の近所の子たちも、鼻の頭にすうっと一すじお白粉をつけてもらって、そのはっぴを着たり花笠をせおったりして、よろこんで子供みこしをかつぐのだった。わたしはすぐ三吉のことをかんがえた。あの水色のはっぴを着せ、鈴のついたたすきをかけさせて、おみこしをかつがせたら、三吉はどんなにうちょうてんになって喜ぶだろう、三吉が、わたしのほんとの弟だったら、おじいさんはきっとそうさせてやるにそういないのだが――

その子供みこしは、金色の小さいおみこしもあったけれども、中にはお酒の五升樽を二本の棒に結びつけて、それをおみこしのかわりにかついでいるのもあった。

町の広場には、いつもこのお祭りのころは、どこからかやってきて、天幕を張る曲馬団があった。

あのジンタという物がなしそうな楽隊が絶えず天幕のまえで奏されていた。

曲馬団といっても、このごろは馬を飼うことはできないとみえて馬のすがたは見えなかった。

ただ外から見える天幕張りの二階のところに、すこし汚れた肉色のメリヤスの、肌にぴったりついた、あの曲馬団特有の女の子たちの姿が、ちらほらと見えるのだった。

そのお祭りの最初の晩、わたしはおばあさんといっしょに町を歩いた。神社では祭りの前日を『宵宮』といって、参詣する人が多かった。おばあさんは、わたしを連れて参詣に行ったのだった。そして曲馬団のまえを通ったときに、

「毎年まあよく忘れずにくること」

といって立ちどまった。天幕の入口では、「さあいらはい、いらはい」と客を呼んでいた。その木戸口には『大人四十円、子供二十円』とかいてあった。おばあさんはとんきょうな声をあげた。

「まあおどろいたねえ、前には十銭か二十銭のものだったのに——これじゃ、子供のお祭りのお小遣も相当のものだよ、まあまあ」

わたしはその時、とっさのばあいに、あの三吉にこの曲馬団をみせてやろうと思いついた。

「わたし学校のお友だちとこれ見にくるわ、おばあさん、そのときお小遣たくさんちょうだいねいい？」

おばあさんは、おやおやという顔をして笑っていた。

そのお祭りの最後の日は日曜だった。お祭りには村からずいぶんたくさんの人が町へ流れこんできた。ちょうど田植休みだったから……

わたしはお昼ごはんを食べると、おばあさんに、

「きょうお友だちとお祭りみてくるわ」

といいおいて、家を出て、いっさんに伯母の家へと町はずれから村へはしった。そのへんの田

には植えつけられたばかりの早苗が青々とそよいで、田のなかに満々とたたえた水は、山の白い雲のかげをうつしていた。

　伯母さんの家へはいると、三吉はえんがわに足をぶらさげて、わたしのくるのを待っているかのようだった。ポチは土間のところに眠っていた。これが眼をさませば三吉を追ってきてうるさいのだから、ちょうどいいと思った。

　伯母さんはわたしの来たようすに、裏口からはいってきた。

「三吉がね、姉ちゃんがお祭りにいつ連れて行ってくれるのって、毎日さいそくでうるさかったよ」

　と、いかにもわたしの来方がおそかったような顔をした。そしてすすけたたんすから、今日の日まで、だいじにとってあった、三吉のために、わたしが学校のミシンで縫って、そして胸にSとイニシアルをつけたシャツを、宝物でも出すようにもったいなげに出した。そして伯母さんが買った新しい半ズボンを穿かせた。靴も伯母さんとわたしが共同で買ってやったのが、まだろくに穿かせてなかった。

「ああ、どこの御大家のお坊ちゃんかと思うわね、あんまり洟なんかこすりつけるなよ」

　と、伯母さんは大まじめで注意した。そして半ズボンのまえには、わたしのいつかやったハンケチの洗いたてのが、きちんと安全ピンで止めてあった。

　そのハンケチに書いてあるわたしの名とクラスは、なんど洗ってもまだ消えずに読める。

「行ってまいります」

伯母さんに活溌に声をかけて、わたしは三吉の手をひいて出かけようとすると、

「桂ちゃん、これはお小遣だよ」

と、十円札を五枚ほどたたんだのをわたしに渡した。わたしはおばあさんからお祭りのお小遣にもらった百円札が、まだそのままあった。それで合計百五十円也、沢山ではないが、さほど貧弱でもないと安心した。けれどもわたしは、それを無駄づかいに使おうとは思わない。三吉のために――小さいかれのきょうのお祭りの幾時間かを楽しませるために、できるだけ有効に使ってやりたいと思った。三吉はきっとあんなお父さんの子供に生まれて、満洲でそだち、苦労をして引揚邦人の群れにはいってきて、おそらく、なんにも小さいときから楽しく遊ばせられたことどなかったろうとおもったから――


わたしは村道を三吉の手をひきながら、歌でも歌うような気持であるいて行った。三吉も手をひかれて楽しそうだった。そしていよいよ町のなかへとはいった。村で伯母さんの家の近くは、三吉といっしょにあるいたことは今までたびたびあるけれど、町なかを三吉とつれ立ってあるくことは今度がはじめてだった。これはわたしたち姉弟にとって、たしかに少しだいたんな仕業だった。けれども、町のなかは幸いに大へんこんざつしている。お祭りの人ごみ、おみこしのわっしょい、わっしょい、物売のこえ、町内の花車が出て、笛やたいこの音、神社のお神楽の鈴、太鼓の音、人はみなそれらのものをぽかんと口をあけたように眺めてあるいてゆく。その人波のなかに、

三吉とわたしも押しながされてゆくのだから、そんなにめだつはずはないと思った。わたしは三吉と町の神社に参詣した。小さいかれは、はじめてこの神社にきたのだった。境内にはアイスキャンデーを売っている店があった。それはぶどう色をして、ほそい箸のようなものをさしこんだものだった。ちょっとみると、この春のころ、三吉に初めてめぐりあったとき、じぶんの弟とも知らずに、哀れな浮浪児だと思って、買ってあたえたみそおでんに似ていた。しかしみそおでんは熱く煮るものだからかまわなかったけれども、このアイスキャンデーはつめたいものだし、衛生試験所で調べたら、大腸菌がずいぶん沢山ふくまれていたというのを聞いたから、わたしは三吉に買ってやらなかった。三吉はちょっと不服そうだが、だまっていた。

しかし曲馬団の天幕のまえでは、かれはもうてこでも動かなかった。わたしもそれを見ることは賛成だったから、おばあさんが、おどろいた木戸銭をはらってはいった。木戸銭が高かったせいか、それとも昼間のせいだったかしら、あんまり客ははいっていなかった。大人よりは子供が多くて、がやがやさわいでいた。

天幕の天井には、ブランコが二つさがっていた。竹竿の先にかぎをつけたので、ブランコを大人の男の人が押さえていると、舞台へふたりの肉色シャツの少女がでて、お客のほうに向かって両手をひろげてにっこり笑いながら、芸を始めるまえのあいさつをした。

しかし、だれも手をたたいてやらなかった。その少女はわたしぐらいの年ごろだった。ひとりは丸顔でかわいらしく、もひとりはあさぐろくて、ほそおもてのきりっとした顔だった。この少女たちがもし曲馬団でなく、少女歌劇団にでもはいっていたのだったら、美しい衣裳を着たお姫さまになり、えんびふくを着た男装の麗人にもなれたとおもった。

雑誌の口絵で、わたしたちも知っている歌劇のスターたちに、けっして劣っている少女たちではなかった。

やがて、その肉色シャツの少女は、ふたりとも竹竿にとびついて、するすると上手に木登りをするようにブランコにたどりついて、ふたりで向かいあって、ひとつのブランコに乗った。

そして上手に平均を保ってゆらりゆらりとゆすっていた。その向うに、もうひとつのブランコがさがっている。だんだん激しく二少女のブランコはゆれて、はなれていた、もひとつのブランコに近づいたとき「やァー」と掛声をするなり、ヒラリと一人が別のブランコにのりうつってしまった。なんというあぶないはやわざを上手にしたのだろう。だのに誰も手をたたかないで、ぼんやり上をみつめていた。わたしはその少女にどうしてもおうえんしてやりたくなって、勇気を出してパチパチパチと手をたたいた。すると三吉もわたしのまねをして、一生けんめいで小さい手をたたいた。そしていつまでもいつまでもしつっこく手を叩きつづけるので、

「もういいのよ」と、わたしは彼の手を押し止めなければならなかった。

二少女のあぶないげいとうが終ると、つぎに小さな男の子が、シャツに小さい青いピッタリとしたパンツの姿ででてきた。それは三吉ぐらいのとしだった。

そこへ縞馬のようなシャツを着た若い男が出てきて、テーブルのうえにあおむけになって、足

のうえに小さな椅子をのせて、巧みに足先で回転させた。又もひとつの小椅子を、そばについているピエロの服をきた男がかさねた。又もひとつの小椅子がかさなって行った。

こうして三つの小椅子がかさなったときに、さっきの青いパンツの三吉ぐらいの少年は、そのテーブルのうえにとびのって、男の脚から椅子にとびつき、はしごを登るように、三つもの小椅子の頂上にあがった。その動作にリズムを送るジンタの拍子にのって、その男の子は椅子のてっぺんに「やァー」といってさかだちをするのだった。

なんという可憐な姿だったろう。もし椅子がくずれて、床へふりおとされてしまったら、その子はきっと手か足を折ったであろう。この男の子がそうした芸を巧みに仕こまれるまでは、どんなに烈しいむちの下に訓練を受けたのであろうか。

曲馬団の子供たちに芸をしこむとき、おぼえ込むまでは食事をあたえられないという話を、わたしは聞いたことがある。そんなことを思いだしたら、なんだかこの男の子がかわいそうで、かなしくなった。ジンタの音が世にも物がなしい楽の音に聞こえたのである。

もし三吉が、誰もかまう人がなかったとしたら、こういう曲馬団にでも売られて、こんな芸をしこまれたかも知れないと考えると、わたしは思わず三吉の手をぎゅっとにぎりしめた。

だがそうしたわたしの心も知らず、三吉はいかにも自分も椅子の上にとびのって見たそうに、うらやましそうな顔をして見ていた。

そのとき、「あら桂子さん」という声がして、わたしのそばに近よったのは、一級下の石山さんだった。

石山さんはわたしと同じ町内の、写真館の子だった。石山写真館という小さい青い洋館の飾窓には、いろんな写真がでている、その家の娘だった。

おとうさんが写真師のせいか、たいへんきれいな顔立で、上級の人にさわがれていた。わたしは小さい時から「よっちゃん」と言って遊んでいたから、なんとも思わないというわけではないが、めずらしい人ではなかった。

よっちゃんは学校の成績もよく、まじめな優等生タイプで、級は一つ下だけれど、小学校からすぐ近所だったので、しじゅう学校のゆききは一緒になったり、仲良しのあいだだった。それは自然の形だった。クラスの人たちは、わたしとよっちゃんが特別に仲がいいように思っていたようだったが、決してそんなわけではなかった。わたしは弟の三吉があらわれてからは、三吉を愛する者として、どういうふうにかれを幸福にするかで心がいっぱいだったから……。

「ああ、あなたも見てたの」わたしは笑った。

「わたしつい、ふらふらとはいったら、子供ばっかりなんでしょう、きまりがわるかった」

よっちゃんはあっぱれもう大人のつもりらしく、こう言った。そして彼女は、わたしの連れている三吉をすばやくみて、ふしぎそうな顔をした。

「あら、この子どこの子?」

よっちゃんはきれいな眼をぱちくりさせてわたしの顔をみつめた。わたしはそのせつな、どぎまぎした。思いもかけぬ人に三吉を見られてしまったのだ、しかも近所のひとに——

「ううん、おばさんとこの子供」わたしはとっさのばあい、あいまいのことを言った。

「あら、そうお——このハンケチ桂子さんのね」

よっちゃんは三吉のズボンに安全ピンで止めてあるわたしの古いハンケチの名を見て、ほおえんだ。

ぶたいでは犬の芸がはじまった。小犬が五匹ほど出て玉乗りをするのだった。子供たちはわあわあさわいでよろこんだ。三吉はじぶんの大事なポチを思い出したように、ぶたいのそばへ行って、熱心に見あげていた。そして一匹の小犬が大きな球のうえからつるりとすべり落ちたときにわたしとよっちゃんは笑ったけれども、三吉は笑わないで、まるで野球の応援でもするように夢中になって、「しっかり、しっかり」と大声をあげた。わたしは恥ずかしくなった。どうしてもこの子は野性を帯びているのである。

「わたし、もう出るわ」

わたしは三吉の手をひき、よっちゃんにそう言った。

わたしはよっちゃんを残して、三吉を連れて出てしまうつもりだったのに——よっちゃんは、「わたしも出るわ」と、いっしょについてきてしまった。そして三人で祭りの町を又しばらく歩き出した。とてもむんむん蒸してあつい日だったし、のどがかわいてきたし、さっき三吉のほしがったアイスキャンデーをやらなかったかわりに、わたしは氷水とアイスクリームを売っている店で、小ちゃなおまんじゅうのような形をしているアイスクリームを食べることにした。アイスクリームはとてもおいしかった。わたしもよっちゃんもそう思ったのに、三吉はなんだか氷水のほうが欲しそうな顔だった。

わたしはアイスクリームを食べながら、よっちゃんに言った。

「きょうこの子連れて、曲馬団みてたこと、わたしの家へだまっててね」

「どうして？」よっちゃんはびっくりしたように問いかえした。

「おばさんの家、あんまり遊びにゆくことおばあさんは反対なのよ。伯母さんとおばあさん気があわないのね、きっと……」

わたしはそんな風にうまくよっちゃんに口止めをしておいた。

「ああそう、わたし大丈夫よ、だれにも言わないわ」

よっちゃんは誓うようにこっくりをしてみせた。

わたしの母が東京へ再婚して行ってしまったあと、わたしが淋しいだろうと思って、ときおり遊びにきたりしたけれども、わたしの母の問題を一言も口に出さなかったほど、つつましい利口なよっちゃんだから、きっとこの秘密は保てるとおもった。

アイスクリームの代を払うとき、よっちゃんも赤い革のおさいふを出したけれども、わたしはそれを押しとめて、じぶんでおばあさんからもらった百円札を出してはらってしまった。

「あら、悪いわ、そんな——」

と、よっちゃんは恥ずかしがってまごまごした。けれどもわたしは、よっちゃんに秘密を守ってもらうために、そのくらいのことをしておかなければいけないと思った。わたしも三吉のために、だんだんわるぢえがついてきてしまった……。

その店を出てしばらく行くと、さっきお詣りした神社のうらのほうになるのだった。そこは、町の小さな公園になっていた。公園には仮のぶたいを作ってこの町でのど自慢大会がひらかれていた。

まわりは黒山のような人だかりで、どこものぞけなかった。ぶたいの柱につけてある拡声器がわるいので、ただ、ごうごうと音がするばかりで、歌声も何もよくは聞こえなかった。でもわたしたちはその人だかりの後のほうに立っていた。

「おとうさんとこへ行って椅子借りてきて上へ立てば、すこし見えるわ」

こう言ってよっちゃんがかけだして行ったのは、公園の築山《つきやま》のまえの四阿《あずまや》だった。その横に『祭礼記念撮影、石山写真館出張』と、大きなかんばんが立てかけてあって、脚のついた写真機を立てて黒い布をかけて、よっちゃんのおとうさんがせびろを着て立っていた。村の人たちも祭りにきた記念に、この公園の景色をはいけいに写真をとったり、町の若い衆も、おみこしをかついだ連中の記念撮影をしたりして、お祭りの日には写真の商売がはんじょうするので、よっちゃんのおとうさんは、ここへ出張しているのだった。

よっちゃんは、おとうさんのところへ行って、なにか話していたが、わたしたちがのるような椅子はそばになかったらしい。よっちゃんのお父さんは、わたしたちのほうへ向かって、おいでおいでをした。わたしは三吉の手をひいてゆくと、

「桂子ちゃん、のど自慢なんかとてもこの人出じゃ見ることも聞くこともできやしないよ、それよりも、うちのよし子といっしょに写真をとってあげよう」

きっとお父さんは、よっちゃんがアイスクリームをおごってもらったとでも言ったので、そのお返しのつもりかも知れない。

「三人ではえんぎがわるいのよ」

よっちゃんはそういう迷信を言いだした。

「じゃあ、鶴のおりの前がいいや、鶴がはいれば三人じゃなくなるだろう」

よっちゃんのおとうさんはそう言って、鶴のおりのほうへ行った。

この公園には、もとこの土地のお殿さまと言われた徳川時代の藩主だった家から寄附された、美しい丹頂の鶴が二羽、おりのなかにいるのだった。

頭の頂きがあざやかに赤い、全身真白の羽の先がくろぐろと黒い二羽の鶴は、絵にかいたように美しかった。わたしは弟の三吉と写真をとっておくのもうれしいと思ったから、よっちゃんのお父さんの言うままに、丹頂の鶴のおりのまえに立って、うつして貰った。

おそらく三吉が写真をとったなどということは、生まれて初めてかも知れない。

「この写真できたら、うちへとどけないで学校でわたしてちょうだいね」

わたしはよっちゃんに頼んでおいた。そして公園を出てよっちゃんに別れてから、残ったお金で三吉に飛行機のおもちゃを買ってやった。そして三吉をおばさんの家まで送りとどけに村道をあるいて行った。

まだ夏の日は暮れずに明かるかった。そのあたりは祭りから帰る人たちでにぎやかだった。

わたしは少しつかれてもいたので、三吉に「もうひとりで行ける?」ときいたら「うん」と言った。わたしは「だいじょうぶ?」と念を押して、そこで別れようとしたとき、ポチがむこうから三吉の姿をみつけて、飛びつくように走ってきた。きっとポチは、小さい主人においてきぼりにされたので、その姿を求めてこの辺をうろうろしていたにそういない。三吉はうれしがって、ポチに顔をペロペロなめさせていた。一本道なので、わたしは安心して三吉を帰して、町へひきかえした。

家へ入ると、おばあさんが「お祭りはどうだったい? だれといっしょだったの?」ときいた。

「よっちゃんと――」

こう答えて「曲馬団見ておもしろかったわ」とつけくわえておいた。

――その夜も祭太鼓の音がとおく聞こえてきた。もうお祭りもこの夜がさいごだ、やがてもっと暑くなって夏休みが来るのだ。

夏休み近し

お祭りの日に三吉とわたしと同じ町内の石山写真館のよっちゃんと、それに三人ではえんぎがわるいというので、公園のおりの中の丹頂の鶴二羽を配してうつした写真は、よっちゃんが学校でわたしてくれた。

ほんとうなら、うちへどうどうと届けてくれるのだけれども、三吉といっしょのことはおじいちゃんおばあちゃんにないしょだから、学校でわたしてね、と言ったとおりにしてくれたのだった。

「とてもよく写っているわよ」と、よっちゃんは言った。

なるほど、よっちゃんもわたしも、実物よりいささか美人にうつっていた。だがそれよりも、三吉がなんとすばらしい、まるで坊ちゃんのようにうつっているのは、おかしいくらいだった。

野性を帯びているところがすこし困ると思っているあの子が、大変おとなしい、育ちのいい男の子のようにうつっていたのは、かれが写真などうつしたことがなく、写真機のまえにかしこまっていたせいであろう。だがこれは、もともと三吉の記念にうつした写真だから、かれがよくうつっているのはなによりだった。

よっちゃんの渡してくれたのは二枚だった。一枚はわたしに、一枚は三吉にというつもりであろう。

でもこの写真は、悲しいことにうちの人には、だれにも見せられない秘密の写真だった。だからわたしは、家へそっと持ってかえって、一枚は机のひきだしの一番下に紙につつんで差しいれ一枚は厚紙をあてて、伯母さんあてにおくった。伯母さんはその写真を見て、三吉もほんとうにその写真のような坊ちゃんにしたいと思ったかも知れない。

そののち、わたしは三吉を訪ねてゆきたいと思ったが、ぐんぐん暑くなってゆくので、伯母さんの家までの野道をたどることはたいへんだったし、それになんといっても、家へは秘密の行動だから、たびたび行くことはつつしまねばならない。

けれども、夏休みになったらゆっくりと三吉のところへゆくこともできると思った。だいいち三吉の伯母さんの家の川のほとりは蛍の名所だから、蛍狩にお友だちと行くとき、いくらでも、寄れるから、それを楽しみにして、わたしはしばらく三吉のところへ行かなかった。

そのころのある日、学校から帰ると、おばあさんがにこにこして、

「桂ちゃん、夏休みにはおかあさんが会いにきてくれるぞい」

と、うれしくってたまらないように言うのだった。わたしも嬉しかった。おばあさんは手に手紙の封筒を持っていた。その中から一つの手紙を取りだして、

「これは桂ちゃんに、おかあさんからきたぶんじゃ」と、わたしした。

おかあさんからも、しばらく手紙がこなかった。千代田館の主婦としてずいぶん忙しいからで

あろう。又わたしも、手紙をあんまり前のように、たびたび出さなかった。あの三吉にめぐりあっていらい、この秘密の弟を世話するので、からだも心も忙しく、ついおかあさんへごぶさたしてしまっていた。

わたしは久しぶりでおかあさんの手紙を読んだ。おかあさんの手紙はいつも東京神田の千代田館の名前のはいった用箋だった。これは昔、千代田館のお客さまの部屋の机のうえに、封筒といっしょにおいてあったものであったろう。でも今では、こういうレターペーパーがとても高いから、きっとおかあさんは、まえの残りをだいじにしまっておいて、手紙を書くのに使うのかも知れない。でもわたしは、その青いけいしのわきに千代田館の名が入れてあるのを見るたびに、おかあさんはもうここの家の人ではないと、しみじみ思われていやだった。おかあさんの手紙にはこう書いてあった。

桂子さん、あなたの手紙をこのごろもらいませんけれど、おじいさんとおばあさんのところで元気でいるのだと思って安心していました。

あなたの手紙がだんだん遠くなったことは、おかあさんは淋しいけれども、それだけあなたがしっかりして、おかあさんを離れていることを悲しく思わずにいられるのだと思うと、安心です。けれども、おかあさんをもう要らない人のように思っているのかしらと考えると、さびしくてなりません。

桂子、おかあさんはこういうふうによくばりですね、あなたのそばをはなれて来ながら、そのくせ、あなたには大事なおかあさんと思われていたいというのですから――。桂子がもしかするとおかあさんを忘れてしまうとたいへんだから、おかあさんはこの夏休みにそちらへ行きます。幾日居られるかわかりませんが、出来るだけながく、桂子といっしょに暮らしてきたいと思っています。

そのとき、こちらの一郎を連れて行きます。一郎とあなたは、おなじお母さんを持っているのですから、姉弟のように仲よくしてもらいたいと思いますので。ちょうど夏休みはそれに適当な日ですからね。暑い東京をはなれてどこかへ一郎さんを避暑させるなら、すこし遠いけれど桂子のところへ行ったほうがいいと、家中で考えたのです……。

こういうことが、おかあさんの手紙に書いてあった。おかあさんが一郎と、おかあさんの生まなかった男の子を呼びつけにしているのは、おかあさんがもうほんとうに、一郎さんのおかあさんに成りきっている心の現われだと思ったら、なんだか淋しかった。わたしはおかあさんが、わたしには三吉という弟がこつぜんと現われたことを夢にも知らないから、兄弟のないわたしと一郎さんとを、仲よくさせようと考えているにちがいない。

一郎さんは、今年新制中学へはいったばかりで、わたしより年齢下なのだ。だがその一郎さんよりも、もっと小さい三吉がわたしにはいる。一郎さんにはお父さんがちゃんとあって、生みのおかあさんは亡くなったけれど、わたしのお母さんが二度目のおかあさんになっている。うちのお母さんは『ままはは』といういやな名前で呼ばれるはずだけれども、やさしい真面目なこころで、一郎さんをかわいがるにちがいないから、一郎さんはけっして不幸ではない。それにくらべれば、三吉などはおかあさんはないし、おとうさんはあってもどこかへ行ってしまって、伯母さんのところへあずけっぱなしで、伯母さんはあんなに気がつよいから、三吉がいい気になって甘えるわけにはゆかない。一郎さんにくらべて、ほんとうにあわれな子供である。

母の帰省

おかあさんが東京をたつという電報がついてから、なんとなく家のなかが緊張した。おじいさんはそのまえから植木屋を呼んで、庭の手いれをしたり、家のなかの畳をとりかえたりなすった。おばあさんは、夏ぶとんを陽にほしたり、いろいろおかあさんと一郎さんを歓迎する用意をされていた。

座敷の畳は青畳で、まるで青い海のように涼しげにみえるし、障子ははずされてよしどがはいって、まるできりぎりすの籠のようになった。わたしは自分の家がきれいになったことは、不賛成ではない。一郎さんに、おかあさんの実家は、きたない家だと思われるのはいやだから……。

わたしはその日、おばあさんと二人で、おかあさんと一郎さんを駅までむかえに行った。長い旅行でも、戦争中よりは汽車が楽になったから、おかあさんも一郎さんもそんなに疲れてはいなかった。わたしはおかあさんが「桂子!」と呼びかけて、ホームに降りたとき、なつかしかったとか、嬉しかったとかいうよりは、ちょっと他人に会ったように固くなって、はにかんだのが自分にもわかった。しばらくの月日がこんなに母と娘をへだてたのかと思ったら、悲しかった。

一郎さんは、学校の夏のあたらしい制服に、写真機を肩にかけて、にこにこしながら明かるい顔で降りてきた。

「桂子さん、しばらくでした」

などと、こにくらしいほどませたことを彼は言った。

「とちゅうさぞお暑かったろうな」

などと、おばあさんはまるで一郎さんを、大人の紳士あつかいをして、へいこらしてあいさつすると、

「いいえ、窓から風がはいって涼しかったですよ、ねえ、おかあさん」

一郎さんが、『ねえおかあさん』という言葉が、わたしには、なんともいえない感じだった。ああそうだ、わたしのおかあさんは一郎さんのおかあさんになってるのだ、一郎さんがおかあさんというのにふしぎはないけれど、わたしは眼のまえでよその家の男の子が、わたしのおかあさんを、おかあさんというとふしぎな気がした。

一郎さんは家へついて、お風呂へはいると、白いかすりに帯をむすんで、縁がわに出て、

「東京より空気がちがいますね」

と、なまいきなことを言った。

夜、いつもよりもご馳走のある食卓に、一郎さんとおかあさんを迎えて、わたしの家ではひさしぶりに、にぎやかな食卓だった。

「ラジオいじってもいいですか?」

一郎さんはおじいさんにこう言うと、じぶんでスウィッチをいれて、ダイヤルを合わせた。一郎さんは野球の放送をききたかったのだ。

「男の子はさっぱりしていいこと」

おばあさんは一郎へのお愛想と、おかあさんがまた一郎さんとうまく調和して、よい親子になっていることをよろこぶように言った。しかしわたしは、気にいらなかった。いかにも女の子の桂子は、男の子ではないから、さっぱりしていないように言われるようで、いやな気持だった。

二階の一間を、滞在中の一郎さんの部屋にして、おかあさんはうちにいたときのように、もとの奥の部屋におばあさんと床をならべた。

「桂子、ひさしぶりでおかあさんとおなじお部屋で寝ようね」

おかあさんはこう言って、わたしのおふとんも同じかやの中へ敷かせようとなすった。きっとおかあさんは、いままでわたしとはなれていたことを一度に取り返そうとなさるのだったろう。

しかし、わたしはもう子供でないから、おかあさんやおばあさんといっしょに寝ることが、そんなに楽しいことでもなかった。頭の中にはしじゅう、おかあさんの十分の八は一郎さんの母親で、あとの十分の二がわたしのおかあさんのような気がしていたから――。

おかあさんは、学校の話だのお友だちの話だの、いろいろわたしのその後のことをかやのなかで質問された。わたしはそれにてきぱきと返事をした。しかし、ただ一つ、おかあさんには言えないことがあった。それはあの、おとうさんの突然あらわれたことと、三吉という弟をわたしが秘密に世話していることだった。

でもおかあさんは、そんなことは夢にも知らないから、なに一つわたしにかくしごとがあるとは思っていられない。

その翌日から一郎さんといっしょに、わたしはよく遊びにでかけた。一郎さんの新しい制服や帽子、靴、写真機などの少年の姿はスマートで、いかにも都会ふうで、街のなかにめだつような気がした。でもそうしたお坊ちゃんらしい姿も、明かるい顔も、おかあさんの愛情によってめぐまれた環境にいるからであろう。わたしはそういう一郎さんをみると、あの三吉がみじめでかわいそうだった。どうしても一郎さんより三吉びいきになった。

一郎さんと公園に行ったとき、いつか三吉をつれてお祭りのとき来たことを思い出した。あの写真をとった鶴のおりのまえに来たとき、

「ああ、丹頂の鶴がいる」と、一郎さんはおりのまえに立ち、「すてきだなあ」と、おとなびた

口調だった。そして肩にさげていた写真機をあけて、「桂子さん、写真とってあげましょう」とキャメラを向けた。

千代田館は旅館業だから、主婦のおかあさんがそう家をはなれているわけにもゆかなかったので、一週間もすれば帰らなければならなかった。わたしはこの一週間のあいだに一郎さんと表面は仲よくしていたけれど、ほんとうは、こころの中では、一郎さんに嫉妬と反感を持ちはじめていたのだ。

そして一郎さんのように、わたしも男の子だとよかったと思った。それはおかあさんも、かつて少女時代に考えたことだった。おかあさんは子供のころ、隣にいた静夫さんというよい少年と仲よしになって、じぶんも静夫さんのような少年になりたいと、おかあさんは考えていた。わたしはそれをおかあさんの手記で読んだけれど、きっと母の遺伝とでもいうのであろう、わたしも一郎さんを見ていると一郎さんのような少年になりたいと思った。けれども、女の子が少年になるわけにはゆかない。おかあさんは、じぶんが少女時代に知っている静夫さんのようなよい少年に、一郎さんを育てるつもりなのだろう。わたしは少年になれないかわりに、あの三吉をせめて一郎さんの半分ぐらい幸福な少年にしてやりたいと思った。

おかあさんが湯殿で一郎さんの下着を洗濯しているのを見ると、かるい嫉妬を感じる、わたしはあの三吉が、おばさんの家で、汚いよごれた下着を幾日も着ているような気がして悲しかった。

いよいよ明日、おかあさんと一郎さんが東京へかえるという前の日に、おかあさんが言い出した。

「桂子ちゃんたちと、記念の撮影しましょうね、東京へ行ってみんなに見せるのだから」

写真を撮るといえば、あのおなじ町内の石山写真館だった。

「ぼくもずいぶん写真とってあげたよ」

一郎さんはこう言って、じぶんの写真では不足で、本職の写真館まで行くということに対してちょっと不平そうだった。一郎さんはわたしの家の庭だの、縁がわだの、公園だの、どこででもたくさん写真をとった。そしてその現像を石山写真館のおじさんに頼んであった。それを受取りながら、写真館へ、おかあさん、一郎さん、わたし、そしておばあさんもついていきた。おじいさんはお店の用で、その日外へ出かけてこられなかった。石山写真館はよっちゃんの家だ。よっちゃんはいなかったけれど、おかあさんは、よっちゃんのおとうさんやおかあさんといろいろ話をしていた。そしてよっちゃんのおとうさんがうつす用意をしているあいだ、客の待合室でサイダーをご馳走になったりした。そのテーブルのうえには、幾冊もアルバムがあった。それはこの写真館でうつした写真が見本にいくつもはってあるのだった。

一郎さんはアルバムをひろげてみていた。おかあさんもそれを覗きながら、じぶんの知っているこの町の娘さんの花嫁姿などを、ほおえんでみていた。だんだんアルバムのページをめくってゆくうちに、

「ああ、ここに桂子ちゃんがいる、公園のおりの前だね」

一郎さんが発見した写真は、あの祭りの日に三吉とうつした写真だった。秘密だからうちへとどけてもらわなかったけれども、よっちゃんのおとうさんは見本のアルバムにはっておいたのだった。

おかあさんもおどろいて、その写真を見ながら眼をみはった。おばあさんも老眼鏡を出してその写真をみながら、

「まあ、桂子、この写真はいつとったの、わたしにみせなかったね」

わたしは胸がどきんとしたけれども、一生けんめいでうそをついた。

「ああいつかお祭りの日に、ここのおじさんがよっちゃんとわたしをうつしてくだすったのよ」

おかあさんはその写真に見入りながら、

「この男の子はだれ?」

と、三吉の姿をさした。鶴のおりの前によっちゃんとわたしがならび、わたしのそばに三吉がいかにもわたしの小さい弟らしく、身体をすりつけてうつしているのだ。

わたしはもう何とも嘘の言いようもなかった。よっちゃんの弟といってもそれは駄目だ、よっちゃんにはそんな小さい弟はいない。だが傍にいたおばあさんは、ほぼ誰であるかをさとったようだった。たったいちどであったが、三吉はうらぶれたおとうさんにつれられて、わたしの家へさいしょに来たことがあるのだから。もし一郎さんがいなければ、おばあさんはもっとわたしにいろいろ言ったかも知れないが、そばに一郎少年のいるために、おばあさんはだまっていられた。

そのおかしなようすをさとってか、おかあさんもそれ以上きこうとなさらなかった。そのとき、隣の撮影室のドアを開いて、「お待たせしました、どうぞ」と、よっちゃんのおとうさんが顔を出した。わたしは急いでパタンとアルバムを閉じてしまった。

その晩、一郎さんが二階へあがって寝てしまい、わたしはまた一つかやにおかあさんたちとはいった。

「きょうの写真のあの男の子はだれなの、どこの子なの」

おかあさんが待ちかねたように問うた。わたしは、ちょっと返事をせずにだまっていた。

「桂ちゃん、あれはお前にもあわせなかった、いつぞや訪ねてきたおとうさんの子供とちごうかいな」

おばあさんは困ったようにこう問うた。してみると、おばあさんはわたしのおとうさんが満洲からひきあげて、落ちぶれた姿で三吉の手をひいて訪ねてきたことを、そっとおかあさんに打明けたのであろうか。

「桂子、なにもかくさないで言ってちょうだいね、けっしておばあさんもおかあさんも怒らないから。おばあさんは今までかくしていらっしたけれど、桂子のおとうさんが男の子の手をひいてここへひょっこり訪ねていらしったことも、こんど初めてきかしてくだすったの」

おかあさんはふとんの上にきちんと坐りなおしてこうおっしゃった。

わたしも、もう寝てなどいられなかったから、わたしもおかあさんのまえに坐った。

「桂子はなんと思っているかも知れんけれど、お前のおとうさんだった真吾さんは、お前が生まれると直き、この家をとび出してしまった人じゃから、いまさら帰ってきてもどうにもならんのじゃ、また連れてきたあの子は、真吾さんが二度目にもらったお嫁さんの子だから、うちとは何の縁もないのじゃからの」

おばあさんはわたしをいましめるように、そうそばで言葉をそえた。

「それは、あの子は血はつづいてはいないのですけれど、あんまり、かわいそうですから、わたし世話しました」

ふたりの裁判官のまえに出た罪人のように、わたしはうなだれて言った。

「いったいどうしてあの子に逢うたのか、ここへきたときは会わせもせんかったのに――、真吾さんがお前の父親だといって、学校へでも訪ねて行くのかい?」

おばあさんは腹の立つように言った。おかあさんはじっとうなだれたままだった。

「いいえ、おとうさんには会いません。どこかへ行ってしまったんですって。そして三ちゃんだけいま伯母さんの家にいるんです。ほんとにかわいそうです、おかあさんは別でもおとうさんが同じだから、やっぱりわたしの弟でしょう」

わたしはこの事をはっきりと言った。けっして悪いことをしたのではない、いままで嘘をついたけれど、それは仕方がなかったのだ。

おかあさんはいきなりふとんに顔をうずめて、静かにすすり泣きをなすった。わたしの行方不明の三吉のおとうさんは、おかあさんの一度良人だったひとなのだ。

わたしが一生けんめいで言ったことは、おかあさんの胸を刺したのかも知れない。わたしは悲しかった。おばあさんは、おかあさんが涙を見せたので、すこしきびしい顔をしてわたしにいろいろときかれた。わたしはもう何も秘密にしてはいけないと思ったから、桜ガ丘ではじめて三吉にあい、浮浪児だと思っておでんを買ってやったこと、それから伯母さんの家へときどき会いに行ったこと、シャツをつくってやったことまで、みな打ちあけてしまった。

いままで三吉とのことをすっかり秘密にしておいたので、いつも、胸のなかに重い鉛のような物がつまっていた。それがいちどにすっと軽くなり、かやに涼風が起きたように、すがすがしくなって、わたしは三吉を弟として、かわいがったことで、叱られるならいくら叱られても仕方がないと思った。

「これからも、おかあさんもおばあさんも、ときどき三吉にあうことを許してくださいね、一郎さんのように仕合せな子を見ると、わたしは三吉がかわいそうで仕方がないんですもの……」

おかあさんもおばあさんも、だまって何もおっしゃらなかった。

――翌日の朝、おかあさんと一郎さんは東京へかえった。一郎さんは昨日のことは、なにも知らなかった。又あのアルバムの写真の子が、問題を起したとも知らなかった。

ただ、おかあさんは胸にある憂いをいだいて、ひさしぶりで訪れたふるさとを立って行かれたのだ。

汽車にのる少しまえ、おかあさんはわたしに紙のつつみをわたされた。そして小さい声で、

「かわいそうな三吉という男の子に、なにか買ってやって、ときどき見に行ってやってちょうだいね」

汽車は一郎さんとおかあさんをのせて、遠くへ去ってしまった。

おかあさんの渡された紙づつみのなかには、百円札が十枚はいっていた。

預金帳

わたしは、おかあさんが一郎さんとこの町をはなれて帰京するとき、駅で汽車の出るすこし前に、わたしの手にそっと渡して行かれた、あの千円のお金をとどけに行ったのが、ひさしぶりの三吉の訪問だった。

三吉のことが、おばあさんにもおかあさんにもあの石山写真館の見本のアルバムから発見されてしまったのは、その時は、いちじ困ったけれど、あとで考えるとかえってわたしのためにも三吉のためにもよかったと思った。

なぜなら、三吉はおかげで、うちのおかあさんから、千円のお金を貰うことができたし、またわたしは、いままでのようにないしょで、こそこそと彼にあいに行かないでも、おばあさんにちゃ

んと言って出ることができるようになったのだから。

きっと神さまは、いつまでもそのことを隠しておかないでもいいというお考えで、ああいうことにさせておしまいになったのだろう。

わたしがおばあさんに「あのおかあさんから貰った三吉のお金、持ってってやっていいでしょう」と言うと、おばあさんはいけないとは言わなかった、というより言えなかったのであろう。

「それはせっかく文子が情でくれたものだから持ってっておやりがいいけれど、あれを現金でそのまま持ってったら、かえってために悪いじゃろう。郵便貯金帳にしてお前があずかっておいたほうがいいよ」

それもそうだと思った。今さしあたって、あの子のためにみな使うことはないのだから――。

わたしはそれを三吉の名前で郵便貯金した。

金一千円也の預入れの記載された鈴木三吉の名儀の貯金帳をもって、わたしは伯母さんの家への道をいそいだ。

もう夏のはげしい暑さは去って、野菊が道ばたにうすむらさきの花弁をひろげていた。

伯母さんの家が見えだすと、そのまえで三吉の竹竿をふりまわして蟬をとっている姿があった。

竿の先には、もちがつけてあって、それを蟬の鳴く木の下から三吉が小さい姿で、抜き足さし足で音のしないように忍びよって行くすがたは、見ていると滑稽なような、いじらしいようなものだった。

三吉が息をつめるようにして、つっと竿をつき出したとき、「小さな三吉にとらえられるほどわたしは馬鹿でないよ」と言わぬばかりに、蟬はじいっと鳴いて、すばやく逃げてしまうのだった。そしてすると三吉は「ちえっ！」と大人のような舌打ちをして竹の竿をぶんとふりまわした。そしてまた外の蟬の鳴く木を探してあちこちと忍び足であるいている。

じぶんがどんな不幸な生立ちかも知らないで、こうして夏の日に一心に蟬をとることに余念のない、小さい可憐とも言える姿をじっとだまってみつめていると、なんとも言えぬあわれさが、蟬の鳴きごえといっしょに胸にしみいるようだった。

いまにもっと物心がついたら、きっと自分の不幸な環境にめざめて、そのとき『わが人生のかなしみ』がわかり、どんなにか悲しむだろう……。

わたしは、蟬をとる三吉のまねをするように、抜き足さし足で小さいかれの後に忍びより、うしろから手を伸ばして、めかくしをした。

「だあれ？」わたしはつくりごえで言った。

だが三吉はうれしそうな声ですぐ当ててしまった。

「わかってらい、姉ちゃんだい」

わたしはあんまり早く当てられてがっかりし、手をはなし、

「どうしてそんなにすぐ分かるの？」

「だって姉ちゃんよりほかに、こんなことしてボクをかまってくれる人ないもの」

——ああそうか、この子には、わたしより外に後から眼かくしなどして、たわむれてやる人が誰もないのだ、わたしはそのせつな、センチメンタルになって眼のなかが濡れてくるようだった。

それをまぎらすようにいそいで、かれの手をひっぱって伯母さんの家へはいって行った。

わたしは伯母さんのまえに、あの預金帳を出して言った。

「これは三吉の財産です。あずけておきますから、なにかいるとき、出して使ってやってくださいね」

伯母さんはおどろいたようにその預金帳をあけて、じろじろ見ながら、

「いったい、この金はたれがくれたのだい、まさか桂ちゃんが、いちどにこんなには呉れられんじゃろ」

「うちのおかあさんが、この間うちへ来たとき、三ちゃんのことを聞いたら、かわいそうだと言ってくれたのよ」

わたしはおかあさんがそのお金の贈り主だということを、はっきり言っておいたほうがいいと思った。三吉はうちのおかあさんの子ではない、けれどもわたしと同じ父を持つという点で、不幸な三吉におかあさんが同情したということは美しいことだから——うちのおかあさんやわたしの家ぜんたいに対して、おとうさんのいきさつから、あまりいい感じを持っていない伯母さんもこれでいくらか心がなごやかになるかと思ったからである。

だが伯母さんはうちのおかあさんからと聞いたとき、なんだかぶじょくされたような顔をして

ふきげんだった。そしてこう言った。

「昔の千円とちがって、いまの千円じゃねえ、靴一足買えばなくなるんだから――」

と、ポンと預金帳をたたみに投げるようにおいたのを見たとき、わたしはいやな気がした。

おばさんはいつものようにうどんか何か食べて行くように言ったけれど、わたしはいそいで出てしまった。

三吉は名残おしそうに、あの蟬とりの竿を持ちながら、おくってきた。

「もうお帰り」

と、むりにかれを帰らせようとすると、かれは残暑の西日のかたむく桜ガ丘に立って見おくっていた。かわいそうな三吉! 小さいかれのことは、たびたび見に来てやりたいけれども、伯母さんやわたしの家の大人のややこしい関係を考えると、そんなには訪ねてこられない気がした。

修学旅行

その秋に学校で東京への修学旅行があった。六・三・三制になったために、わたしは三年で女子中学校を終り、それからあと高等学校にうつるわけだった。うちのおかあさんが卒業したときと同じ校舎だけれども、学制はこうして変動があったから、わたしたちは来年早くも高等学校の生徒になるわけだった。

中学校を終るまえの、おなごりの修学旅行はその秋おこなわれることになった。うちのおかあさんが女学生時代の修学旅行は旧制度の四年のときの秋だったと聞いていた。わたしはそのおかあさんよりも早い年で、いくばんもとまる修学旅行へ出ることになった。

もし汽車がひじょうにこんざつするようなら、その修学旅行は来春にのびるはずだったけれども、汽車賃が値あげになったりして、乗客が減ったのであろうか、にわかに修学旅行は秋にやはり行なわれることにきまった。

その旅行のスケジュールが発表された。まっしぐらに東京へ行く。そして一泊。よくじつ日光へ向け出発、中禅寺湖畔の宿に一泊、帰京して一日自由行動、親戚のある人はそこへ行ってもよし、ない人は班長をきめて都内を見学すること。

こんなに東京の都内の行動があっさりと自由行動になっているのは、戦争まえの東京の名所や有名な建造物のあった時代とちがって、その多くがむざんに破壊されて、ただ焼跡を見せているだけなので、ぞろぞろみんなそろって見に行くほどのこともなく自由行動になったのだという。

東京をひきあげたあとは、鎌倉と江ノ島を見て、帰り大船駅から夜行にのって帰る予定だった。

東京でわたしたちのとまる宿は、神田の千代田館と予定がちゃんと発表された。

ああ神田の千代田館、そこは、わたしのおかあさんが主婦になって行っているところではないか！

しかし、千代田館はうちのおかあさんが修学旅行に行った時代から、ずっと（戦争中はとだえているが）毎年の修学旅行の宿に指定されていたからふしぎはない。

わたしたちは自分の食糧の分だけのお米を袋に入れて持ってゆくこと、旅費は千五百円（お小遣は別）それだけだった。

おじいさん曰く「なんと生徒の旅行は安いもんだろう、わしたちが東京へ出ていくと汽車賃だけでも大したものだが」と、おどろいた。

「東京には、ちょうど商売の用もあるから、桂子について行こうかい」

と、言ったが、わたしは首をふって反対した。

「いいわ、もう、こんなに大きくなってつきそいなんておかしいもの」

わたしの小さい小学校のころ、めずらしくもないすぐ町はずれの山まで遠足するのに、おじいさんは心配してお弁当や水筒を持ってわたしについてきた。

こんなにわたしが成長しても、まだ小学生のときとおなじに、おじいさんに附添いにこられることは不足でもあった。

はじめてうちから開放されて、ながい旅行をしてみたかった。わたしたちの組では、たれも附添いはなかった。ただ東京へお嫁に行っている姉さんや、学校へ行っている兄さんにあえるのを楽しみにしているだけだった。

おばあさんは孫娘がたれにもつきそわれずに東京へ出るということを、なにか大きい冒険でも

するようにはずんでいる気持を察したのか、

「東京へ行けば、泊まるところは千代田館といっても、文子の家へ行くのだから、なにも心配なことはありません。桂子もひとりで行って、千代田館の人たちと仲よくなってくるほうがいいじゃありませんかねえ」

このおばあさんの忠告が功を奏して、おじいさんはすこし不服だったかも知れぬが、つきそいを取りやめた。

「荷物はなるべくすくなくするように、荷物が多いと、そのためによけいな神経をつかって、心も身も労し、快適の旅行をさまたげます」と、先生がなんども注意なすったので、わたしたちは自分たちの手でさげられるだけの小鞄でがまんすることにした。なかにはリュックサックを持って行くという説もあったけれど、なんだかそれでは戦争中あの買出しの苦しい姿が思い出されるので、反対説が圧倒的だった。

地方の女学生の旅行だからって、ばかにされないように、すこしはスマートにしなければねえという観念がみんなの頭を支配していた。

かくてわたしたちは、朝早い露けをふくんだひえびえとした秋風とともに、町の駅から乗り込んだ列車は出立した。ホームには見送りの先生や父兄がたくさんいた。うちからもおばあさんが送ってきた。動いて行く車の窓のそばでしつっこいほどおばあさんは言った。

「おかあさんによろしく言っておくれ。学校のみなさんをだいじにお世話してごちそうしておあげなさいとね、いいかい」

千代田館のおかあさんのところへわたしが泊まるだけでなく、みんなが行くのだったから。

列車が動き出すと、すぐかばんのなかから飴だのあられ煎餅だの、まだ青いちいさい蜜柑まで各自とりだして、すこしずつ交換して食べだす人があった。

汽車の窓からいろいろな風景がとんで行く、まだそのあたりはみなれた風景だったけれども、やがて、おいおい見知らぬ景色が、わたしたちの眼にはいるのだ、そしてまっしぐらにこの汽車は東京へ行く。そうした旅行への希望とこうふんがみんなをはしゃがせた。そういう楽しく胸のふくらんだときは、飲食の楽しみを思い出すのであろうか。みんなはいろんな物を出して食べはじめ、のども乾かないのに水筒の番茶をのんだりするのだった。

それがだんだん激しくなったので、先生は注意なすった。

「みなさんは汽車が動くか動かないのに、たえず口をはたらかして何やら闇物資を――」

とおっしゃると、車中みんな笑いさんざめいた。それをおっしゃる江崎先生は、わたしのクラスの受持で若い国語の先生、才気喚発で快活で明朗ユーモラスなお話で、わたしたちを始終笑わせていらっしゃる先生だった。

「みなさんはそんなに今から早く胃袋をいっぱいにし、またもやお昼のおべんとう、それから又もや間食。よくも沢山仕入れてきたものですね、先生も甘いものでも、すこし持ってきたかったけれど、先生の月給では闇ができず――」

みんな拍手したり、なかには「先生あげまアす」「これおいしいんです」なんて声がした。「そんなに皆さんが不節制をしていれば、東京駅へ着くころは相当のびてしまって、神田の千代田館へ着いたら、みんな吐いたり下したり大さわぎよ」

みんなあわてて食べかけていたものをカバンやポケットへねじこんでしんとしてしまった。わたしは千代田館の名が出たので、なんだか恥ずかしくって下を向いてしまった。そのわたしのほうを、ちらっとごらんになった江崎先生は、さらにおっしゃった。

「これからみなさんのお泊まりになる神田の千代田館のご主人の奥さんは、わが校の卒業生です。そしてそれは皆さんのクラスの柳井桂子さんのおかあさんだってことごぞんじ？　みなさんが吐いたり下したり、来る汽車のなかで食べ放題に食べた姿をお眼にかけたら、さぞ幻滅なさるでしょう、みなさま、母校の名誉のためには誇りをもって、そう浮浪児のようになんでも食べたがるものじゃありません」

先生にこう言われると、車内の組の人たちはみんな笑ったり首をすくめたり、わたしの隣の人はいきなりわたしの肩をたたいたりした。わたしは顔から火が出るようだという形容詞どおり、まっかになってうつむいてしまった。江崎先生はいつの間に、わたしの身上話をごぞんじなんだろう、終戦後いらしった先生だのにほんとうに油断がならない。

江崎先生のお話はずいぶん効果があった。みんなそれ以来つつしんで、おべんとうを食べるまでがまんした。でもそれまでにずいぶん間食をした罰で、お弁当をあます人が多かった。だってそのはずである、海苔巻をぎっしり大きな箱に詰めてきた人など、いくらひとに手つだってもらってもあまった。

「もったいないわ」と、たれかが言うと、

「東京へ行ったら浮浪児にやるからいいわ」

そう言った、ところがそのとおりだった。沼津から、汚れたすあしに下駄をはいて、その日の夕刊新聞を持って乗りこんできた、汚い男の児にその折詰はわたされた。

やがて、たそがれの灯ともし頃の東京へ列車はついた。思わず知らずみんなは「わあっ!」と喚声をあげた。しかしわたしは異常のきんちょうをしていた。出迎えのおかあさんの顔がかならずホームにあるはずなのだから。

しかしおかあさんは、わたし――柳井桂子のおかあさんとしてでなく、千代田館の主婦として学校を出迎えるためにくるのだった。

薄暮のホームにおかあさんの顔が見えてきた。列車は止まった。みんな荷物をさげてこうふんして降りた。

おかあさんは鈴なりにかさなりあう顔のなかから、いち早く、わたしの顔をみとめてにっこり笑った。そのせつなはわたしの母として。

しかし瞬間の後には千代田館の主婦と早がわりして、ホームに降りたつ校長のまえに何かあいさつし、江崎先生にもおじぎしていた。

わたしは千代田館の主婦としてのおかあさんの事務をさまたげまいとして、そばに近よらず、みんなと列をつくったなかにおとなしくしていた。

『神田千代田館』とむらさきの地に白くぬいた旗を持ったはっぴすがたの番頭さんが先に立ってわたしたちは改札口を出た。

秋の薄暮の都会の灯は、ちらちらとわたしたちのまえに見えた……。

――かくて修学旅行の第一日が展開した。

用意の貸切バスに乗って、わたしたちは神田の千代田館へ向かった。

千代田館の店口には、おかあさんの姑と良人の洋之助氏とが立って出むかえていた。千代田館にたくさんいる女たちは、おかあさんの姑のおかあさんを大きいおかみさんと呼び、おかあさんを若いおかみさんと呼んでいた。

わたしはうちのおかあさんが奥さんなどと呼ばれるより、おかみさんと呼ばれて、大きい旅館の事務をきびきびやっている姿をたのもしいと思って見た。

その晩の食膳はなかなかご馳走だった。小さいけれど、尾頭つきのお魚と、厚い玉子やきと、それから大きな焼芋くらいのトンカツのお皿がついた。旅費ともこめて千五百円でどうしてこんなにご馳走ができるのだろう、これは千代田館で大ふんぱつでサービスよ、とだれかが言った。桂子さんのおかげだわと、だれかが又言ったので、わっとみんなさわぐので、わたしはからだじゅうあつくなってしまった。

食事が始まるまえに校長先生が千代田館の主婦、すなわちわたしのおかあさんをみんなに紹介した。姑の大きいおかみさんもそばにいた。校長先生の紹介のことばはこう言うのだった。

「この千代田館の若い奥さんは、あなた方の学校の卒業生です、日本が戦争をしない、のどかだった太平の御代のころ、修学旅行の際この宿に泊まられた時、中毒事件がおきて、柳井文子さんは一番おもく、その当時この大きな奥さんがたいへん忠実に看護してくだすった。先生一同とても感謝して、文子さんをこの旅館にたくして日光に行きました。帰ってきたとき、文子さんは千代田館の努力でかいふくされていて、ぶじにそろって帰ることができたのです、奇しくもそれが縁となって、やがて柳井文子さんは千代田館の主婦になられ、こうして今夜、後輩のあなた方を千代田館に迎えてくだすったのです。しかもその中には文子さんの娘の柳井桂子さんがこうして加わっておられます。あなたがたの食膳にでている山海の珍味は、柳井さんのおかあさんがみなさんを歓迎の心づくしだそうです」

江崎先生はまっ赤になっているわたしを助けるように真先に拍手なすって、

「ロマンチックなお話ね」と、おっしゃった。

その晩、みんながあがあさわいで、広間にふとんをたくさん敷いて寝るとき、江崎先生は、わたしにとくにこうおっしゃった。

「今夜はおかあさんのところで久しぶりにお乳をのんでおやすみなさい、あしたは寝坊しないで起きていらっしゃいよ」

それでその晩わたしは母の部屋へ行ってそばに寝た。こうして修学旅行の第一夜はおわった。

東京

わたしたちの東京見物は一台のバスでざっとまわった。上野公園にもまわったとき、秋の陽ざしの下の不忍池は、ここの名物だといわれた蓮は見あたらなかった。戦争中に埋められた部分はたんぼのようだった。島の弁天さまも焼けていた。この不忍池だけでなく東京は戦争で、ずいぶん変貌したのであろう。

この戦争の産物として『浮浪児』があふれるように増えて、それが上野公園などに沢山ぶらしているとつたえられたが、わたしたちの見た上野公園にはそんな浮浪児のすがたはなくて、折からもよおされている絵の展覧会を見に来るひとたちののどかそうな姿があった。

日光の紅葉はこの年はまだ色が浅いといわれたが美しかった。日光から帰ったときは、わたしたちはさすがにつかれていた。その翌日の一日自由行動の日は、おかあさんはわたしを連れて浅草へ向かった。

浅草には観音さまは焼けて鳩だけがのこっていた。どくどくしい映画の看板と、いかの丸煮の鍋から湯気が立っている軒なみの食べものや、そのいかの丸煮の串をくわえている髪の毛ののびた男の子を見た時、わたしはふいと三吉のことを思いだした。三吉は今なにをしているだろう、おみやげを買って帰らなければ――と。男の背広だのズボンだの外套だのをつるしてある市のような露店の並びのまえをとおりながら、おかあさんは、

「あれは、どろぼうが盗んできた服かも知れないのよ」

と言った。いつか新聞にどろぼう市場という字を読んだけれど、戦争のおかげで日本にもそんなものができたのであろう。

観音さまも朱塗の仁王門も大きなちょうちんもみななくなった浅草は、秋の西陽の下に、消えた悲しいまぼろしをうかべているようだった。

その夕方からは、東京にきている宝塚を見につれて行ってくだすった。おかあさんは一郎さんもさそったのだそうだけれど「女の子の見るもの、ぼく行くとおかしいから」と言って、おとなびた笑い方をして、わたしにことわりを言った。一郎さんは野球だってそんなに見に行かないで勉強部屋にいることが好きなのだそうだ。

「一郎さんは昆虫が好きで、いろいろの蝶の標本をつくってありますよ、帰るまでに見せてもらいなさいね」

とおかあさんは言った。

その言い方はまるで自分の息子の頭のよいこととか、勉強好きとか昆虫に趣味のあることを誇るようなもので、わたしはおかあさんが一郎さんをほんとうの息子のように思い、それをじまん

にしているのだと思ってふっと淋しく、一種の嫉妬とでも名づけたい感情をおぼえた。ああそうだ、男の子には学問だの研究だの、いろいろの未来への希望がある。女の子は？　なにがあるだろう、女の子にだって、たしかに研究も学問も男の子とおなじようにあるわけだ。けれども親の考えがちがうのだ。

母親というものは、彼女が息子に望むような夢を、娘にはかけないものだと知った。だからおかあさんは、まあ宝塚でも見せて帰せば、わたしが満足すると思っているのだ。そして一郎さんの昆虫学に興味のあることをじまんするのだ――わたしはこんなことを考えながら少女歌劇を見ていたせいか、その日はちょうど最後のいわゆるらくの日になるので、観衆は熱狂し、舞台と交歓して、五色のテープを投げあい、場内の中央につるしたくすだまがわれて風船がとび、コンフェッティが五彩の霧のように満場に散ったり、大熱狂だったが、わたしは酔えなかった。

わたしは三吉のことを考えていた。一郎さんと張りあうわけではないが、三吉にも昆虫学の興味でもなんでもいい、かれが一つのことをやりとげる精神を集中させるものを指導したいと思った。わたしはおかあさんが一郎さんの母であるとおなじように、いつのまにか異母弟の三吉の姉である以上に、かれの小さい母の気持になっていたのだ。

その夜帰ってから、わたしは灯のついている一郎さんの勉強部屋をおとずれた。千代田館の奥の内の人の棲居の内庭に向かった角の一室が、一郎さんのためのぜいたくな勉強部屋だった。

大人のような大きなテーブルと椅子、本棚、水彩画の額、風景の写真、そして本棚の上には一郎さんのじまんの蝶の標本が、ガラスのケースのなかに、さまざまの蝶が背中をピンで留められて、永久にしずかに翅をやすめて、ナフタリンの匂いのなかにしずまっていた。

一郎さんはいろいろ蝶の名をおしえてくれた。揚羽蝶だの紋白蝶だの、その下には、いちいち横文字の学名がつけてあった。

本棚には大学生の読むような昆虫学のあつい本もならんでいた。三吉にもこんな知的な頭があったらとうらやましかった。だがとても昆虫学をするようなことは、かれの頭脳の柄ではないかも知れない。それよりかれにはいっそ、彼の一生けんめいなむきになって骨身を惜しまず身体を動かすむじゃきさをよく指導して、スポーツはどうだろうか、野球の名投手か、ホームランをみごとに放つ名打者、さもなければ、水泳の選手――三吉の頭がお河童のようにプールの水にぬれて、にこにこしながら上がってくる姿などを想像した。わたしは一郎さんの幸福な勉強生活を見るにつけ、すぐ三吉のことを考えだすのだった。

大船

翌日わたしたちは出発した。おかあさんは千代田館の主婦として駅へ見送りに出るまえに、『桂子の母』としてわたしを部屋に呼んで、心のこりそうに

「こんどは学校の修学旅行でなく、おじいさんといっしょに冬休みにゆっくり来てちょうだい、おじいさんやおばあさんによろしく」といい、

「あの三吉という子はこの頃どうしているの」

と、きかれた。おかあさんの頭にも、わたしの異母弟のこともちらと浮かぶことがあるのだろう。

「元気でなんとかしています。わたし出来るだけ、めんどうみてやるつもりです、かわいそうなんですもの」

おかあさんはふと眼を伏せて考えていたが、

「そうね、でもおばあさまにもよく相談してから、しておやりなさい。桂子じしん、まだ女の子なんだから勝手にいろいろ、おばあさんに、相談なしでしてはいけないのよ」

おかあさんはそう言って、わたしに一つの包みをわたした。

「これはあの三吉という子にやってちょうだい、一郎さんの子供のときの外套だけれど、あの子にちょうどいいでしょう」

包みを解くと、それは紺ラシャの小さい外套だった。三吉に丁度よさそうだった。古いといっても汚れてはいなかった。

「一郎さんは下に弟はいないから、これを取っておいても仕方がないから、これをあの子にあげることにしたのよ」

わたしはおかあさんがそんなに気をつけてくれることがうれしかった。おかあさんとはこうし

て別れた。おかあさんは東京駅まで見送りにきたが、それは桂子の母としてではなく、千代田館の主婦としてだった。

わたしの旅行カバンの中には一郎さんのお古の外套と、三吉へのおみやげの漫画の本が、だいじに入れてあった。残念ながら、三吉はまだ昆虫の本より漫画の本が適当らしい。

江ノ島と鎌倉を見学して、わたしたちは秋のたそがれを大船で、乗り込む列車を待っていた。そのホームにはわたしたちだけでなく、どこへ行くのか、たくさんの乗客がまじっていた。もう空いているベンチもなかったし、わたしは『旅路の終り』といったような哀愁に身をまかせて、人ごみをはなれてホームのはずれのほうに立っていた。

「おい桂子だね、お前は――」

という声がして、わたしの前にせかせかと一人の男の人が立った。その人はかみそりを幾日もあてない顔に、ざらざらするようなひげを生やした、眼のくぼんでつかれはてたような顔つきの男だった。年齢はいくつか分からないがけっして若くはない、といっておじいさんでもない、まとっている服は秋だというのに、霜降りのよれよれになってよごれた薄い夏服らしかった。わたしはまだ見たこともない人だった。だのにその人はいきなりわたしを「桂子」などと呼びつけにする。うすきみ悪くわたしがだまっていると、その男の人は、わたしのさげているカバンについている荷札、先生の注意で、みな学校の名と、じぶんの名をはっきり書いてあったのを指して、「柳井桂子、桂子だね、探したのだよ、ああよかったな、その名札をみてすぐわかったよ――わしはお前のおとうさんだよ、小さいときに別れたから知らんだろうが」

「あッ！」とわたしは叫んで、何故かいきなりカバンを後にかくしたいような気持だった。なぜそうしたかったのか自分にもよくわからない。

「満洲から引きあげてきて、三吉——おっかさんはちがうがお前の弟にあたる男の子の手をひいて、お前の大きくなった顔を見たいと思って訪ねて行ったが、おばあさんがあわせてくれなかったのだよ、その後も仕方がなくてな……」

ああ、この人がわたしの父、三吉の父、そしておかあさんの、かつて良夫だった人なのだと思ったとき、わたしの頭のなかがしいんとした。

「修学旅行に来たのだってね。これから帰るのだね」

「ええ、え」と、わたしはうなずきながら、なんと言っていいのか、胸がいっぱいで、言う言葉がたくさんありそうなのに、なにも言えなかった。

「ここでお前に会えるって神さまのおかげさ」

神さまはどういうお考えでこの大船のホームのはしっこで、父と娘をあわせたのであろうか、けさ東京駅で別れたおかあさんは、こんな運命が娘のゆくてに待っているとは夢にも知らなかったろう。

「わしのすぐ前にいた女学生の国なまりに気がついてきくと××の女学校の修学旅行だという、もしやと思って柳井桂子ってきくと一緒だという、探したのだよ、もうすぐだね、汽車が来るだろう、わしもそのうち国へかえるよ、三吉を田舎の家へあずけっぱなしにしてきているからね」

三吉を伯母さんのところへあずけたまま、父はふいに上京して、そのまま消息がなかったときいていたが、このようすでは、やはり職もなく、そしてまた田舎へ帰るのであろうか、だがあの哀れな三吉に父が帰ることは、わたしもほっと安心した。

「おかあさんは東京へ嫁に行ったそうだな、こんど会ったかい?」

父はその千代田館にわたしが泊まったことは知らない。わたしは「え、え」とうなずいて、まるで唖になったようだった。

このようなホームのこんざつのわずかな時間の中で声をかけられたのが、思いもかけずわたしの『父』であったということは、おどろきには打たれたけれど、父とわたしが十幾年ぶりで再会したという深い感激はわかないで、かえってその与えられた『偶然』にとまどいしているわたしだった。

でも、どうかして娘らしく父に会った喜びを示したいと考えた。でもなんて言葉で表現していいかわからない。父はわたしがだまりこくっているので、物足らなそうに、これもむっつりとだまってしまった。もうすぐ汽車がくるだろう。わたしはカバンの中から小さい丸い缶を出した。それはおかあさんがおばあさんのおみやげにことづけた栄太郎の飴の、梅干の大きい缶はおばあさんへ、小さい缶は桂子が汽車のなかでと言ってくださったのだった。その小さい缶を父に差出した。それを開けると赤と黄色の飴がかわいく並んでいる。父は「ハハハ」と笑って、よごれた指先でそれを一つつまんで、口へ放りこんでもぐもぐさせた。

もしかしたら父はお酒が好きで、甘いものは嫌いなのかも知れないとわたしは思った。

「三吉——どうしたろうなあ。桂子、お前なんかとちがって、だれもかまい手のないかわいそうなやつなんだからな」

と、父は飴をもぐもぐさせながら言った。

「三吉は、わたし、めんどうみていますわ。おかあさんも、この外套やるようにいって、わたしことづかってきました」

わたしは旅カバンのなかの外套の包みを示した。

父はおどろいたように、

「ほう、三吉はそんなにみんなにかわいがってもらっているのか、——ありがたいな」

単純に喜んでいるようなのが、かえってわたしには情なかった。なぜ父として、じぶんで三吉に外套を買ってやる気にならぬのかと……。

秋の暮色の濃くなった大船のホームがざわめいた。汽車がきたのだ。この汽車の車室は貸切というわけではなかったから、どの車室でも、班長と組みあってのればいいのだ。班の人たちが合図して向うがわの入口から乗り込もうとしている車室にわたしも駆けよった。父は押し入るひとびとを押しのけて、わたしを乗せるようにした。それがせめても赤ん坊のとき別れたままの父親が、娘への愛情のあらわれであったろうか。

わたしの席がどうやらあったのを見とどけると、安心したように父はうごき出した車に手をふった。暮色の深いホームに、取りのこされてひとり立っている父、ああわたしの父があそこにいる！

わたしは列車の動揺に身をまかせながら、クラスの友だちとも席のはなれているのを幸いに思って眼を閉じた。

眼を閉じるとまぶたの裏には、この旅行にうつったものがごちゃごちゃと、映画のフィルムが過ぎてゆくように消えたりうつったりした。

東京の焼けたあとの銀座の風景だの、ついさっき見てきた鎌倉江ノ島――わたしの住む地方町とちがって、東京や鎌倉の道をはんらんするアメリカのさまざまの色どり美しい新型の自動車が飛行機のプロペラを取って車輪をつけたような、流線型のすがたで走りせまっていた印象や、その外の風景があれこれと、過ぎ去った幻のように浮かぶのだった。

家へ帰ってから、おじいさんやおばあさんに話すことはたくさんある。けれども何といっても旅の終りちかい大船で父にめぐりあったことの報告こそ、そして父が「お前に会えたのも神さまのおかげだ」と言ったことば……。

車窓の外には、遠くの人家の秋灯がちらちらと見えた。その灯の下には、ひとびとの家庭がいとなまれているのだ。だがわたしは母は東京の千代田館に、父は大船のホームで、あれからどこへ漂然と行くのであろう……わたしは又眼をかるく閉じた。

小さい外套

わたしたちは、一夜を汽車にあかして、車窓が明かるくなると刈入れ時の田のなかは、まだ稲穂が重くたれている田と、すでに刈田となって稲の根株だけ残り、あと稲架——刈りとった稲を高くつんだのが、黄色く見えてきた。

ほんのしばらく東京へ出ているうちに、故郷の町の郊外の田園風景は、秋が深んできたのだった。

畦のあちらこちらに、彼岸花の紅いのが、線香花火を植えたように見えていた。わたしは三吉のいる伯母さんの家を思い出した。かえったならば、ひさしぶりで訪ねて行こう、東京でおかあさんが、三吉のための贈り物としてくだすった、一郎さんのおさがりの紺の小さい外套を持って……。

日が高くなってから、わたしたちの汽車は町の駅へすべりこんだ。学校の先生や、父兄たちが出迎えて、にぎやかだった。東京へ行ったのではなく、まるでアメリカあたりへオリンピックにでも出場した選手たちのように出迎えられて、わたしたちはきまりがわるいほどだった。

わたしの家からは、おばあさんが迎えに出ていた。駅のまえで形式的に点呼をした。もちろん誰ひとり汽車からころがり落ちた人はなかったから数はみなあった。駅頭かいさん、あす登校するようにと言われて、それから、がやがやわやわやぱたぱた――「さよなら！」「あした学校でね！」などと呼び合いながら、わたしたちはおのおのわかれた。汽車のなかで感じた『旅路の終り』の感傷は吹きとんで、いまは『帰宅の昂奮』だった。

おばあさんと家へ帰ると、お風呂が焚いてあったり、おじいさんは「どうだい、おもしっかったろう」「一日も雨に降られなかったかい、仕合せだね」などと、いろいろのことを言われ、まるで鬼ガ島から凱旋した桃太郎のようにみんなに歓迎された。

わたしはお風呂から上がって、汽車のなかのほこりを洗い落としてさっぱりして、ひさしぶりで家の畳のうえに坐った。そして思い出の修学旅行はそこに終った。

荷物をいろいろと解いて、洗濯するものを出したり、それからおみやげをひろげた。おみやげといっても、べつだんこれというものはなかった。おじいさんもおばあさんも行くまえから、荷物になるおみやげは要らないとことわっていられたけれど、浅草海苔の缶と鮒佐の佃煮――これはわたしが買わないでも、おかあさんからのことづかったものが、わたしのおみやげになったから丁度よかった。わたしが買ったのは、江ノ島で買った貝鍋と貝杓子だった。帆立貝の大きな貝に、柄のついたお鍋で、杓子は小さな帆立貝にやはり柄をつけたものだった。

「おおこりゃあ――これで玉子を焼くと、こげつかんでよう焼けるのだよ、いいものを買ってきたね、さすがに女の子はちがいますね、おじいさん」

と、おばあさんは貝鍋に大きげんだった。まずこのおみやげは大成功でうれしかった。つぎにおなじ江ノ島の貝細工でも、もう一つ買ってきたものは、桜貝や子安貝を巌のように固めた台に毬のようなガラスの球をのせて、その球のなかには、水がはいっていて、赤い毛糸のきれがはいっているが、ちょっと金魚がはいっているように見えるのだった。

「これはあの三吉にやるおもちゃよ」

と言って、わたしは急いでおかあさんから貰った、一郎さんの紺の小さいおさがりの外套を出してひろげた。

「これ、おかあさんが三吉にやるようにくだすったのよ、一郎さんのお古――」

わたしが得意がって言ったとき、おじいさんやおばあさんもなにか言うかと思ったのに、ふたりともしんとだまってしまった。そのようすがなんとも言えずへんだった。

「ねえ、三吉は仕合せね、おかあさんもかわいそうだと思ってくださるし……」

こうわたしが言ったとき、おばあさんは眼をしばたたいて、困ったようにやっとおっしゃった。

「ほんとに、せっかくみんなに同情されて、仕合せになってきたところに、なんだってまた――運のない子だねえ――」

わたしははっとした。

「三吉が伯母さんの家を逃げ出してでも行ったの、おばあさん」

おじいさんは、言わなければならないことは、いっそ言ってしまおうと言うちょうしで、ずばりとおっしゃった。

「三吉は疫痢で死んだのだ、おまえが東京へ立った晩に発病して、すぐにでも知らせてくれれば間にあったかも知れんのに、衰弱してから、三吉がお前にあいたがっているからと、伯母さんがうちへきたときは、もう間にあわなかったのだ――かわいそうなことをした」

「おじいちゃんがお医者さんをつれてさ、おばあちゃんもいっしょに行って、伯母さんの家に一晩泊まり込んだのだよ、なんとかして助けてやりたいと、そりゃ一生けんめいになったんだけれどねえ、『お姉ちゃん、お姉ちゃん』て、お前のことをどんなに呼んだか、おしまいには脳膜炎を起こして、なんだかうわごとのようにお前のことを呼んでいたけれど……」

わたしは夢かと思った。あまりに思いがけないことがあるとき、それをほんとうに信じられないものだ。けれども、それはけっして夢のはずはない。そう言えば、おじいさんやおばあさんのようすがどうもさっきからへんだと思ったのは、そういう不幸な事実を、修学旅行から帰ったばかりのわたしに、早速きかせねばならないと思っていたからだと思いあたった。

わたしは何にも言わず、だまっていた。その眼のまえに、江ノ島の貝細工のおもちゃと、そして紺色の小さい外套が、いまは用なきものとしておかれてあった。

母へ

東京では、たくさんお世話になりました。それは桂子ばかりでなく、クラスの人たちぜんたいが、みなおかあさまのお世話になったことを喜んでおります。

ぶじ帰ってから、旅行中のお話をおじいさんやおばあさんにたくさんして、おみやげ物を出したわたしを、おかあさまは恐らく想像していらしたことでしょう、たしかにそのとおりでした。でも、おかあさまもわたしもまた、想像できなかったでき事が、わたしの帰りを待ち受けておりました。

それは、あの三吉が疫痢で、わたしが出発して間もなく亡くなったことでした。三吉がわたしに会いたがっているので、うちまで呼びにきた伯母さんの話で、おじいさまはおいしゃさまをつれて、おばあさまと泊まりがけで行かれたのに、不幸な小さい魂は「お姉ちゃん」と、わたしのことを呼びつづけながら、この世を去ってしまいました。

このことを帰宅早々知ったことは、わたしには、はげしい打撃でした。おかあさまがくだすった一郎さんのおさがりの紺の外套も、わたしが小さい彼のために買ってきた江ノ島の貝細工も、空しいみやげでした。でも、わたしはこの二品をもって、かれの墓のまえに行って話してやりました。墓といっても、小さい木の杭が立っているだけなのです。そのお寺のさびしい墓地には、ところどころにひがん花が、血のような色に咲いていました。わたしは竹の花筒に、野菊の花をいっぱい生けて、供えておきました。

修学旅行に行くまえに、わたしはその準備のために、あまり三吉にあっておりませんでした。いつか前に、かれに会ったのは、夏の終りのころでした。そのとき蝉とりをしていたかれは、わたしを送ってきて、いつまでもついてきて帰ろうとしないのを、むりに家へ帰したのが別れでした。

わたしが修学旅行から帰ったとき、三吉はもうおりません。もうこの世でかれに会えない、かれに外套を着せてやりたくも、小さいからだはなくなったのです。このことは考えると、ずいぶん、がまんの出来ないほどつらいことです。でも神さまは、ただわたしに、こうした人の世のつらさや悲しみをあたえるために、三吉とわたしをお会わせになったものでしょうか、神さまはいたずらに、人の子に悲しみをあたえるために、そんなことをなさるはずはない、わたしはこの悲しみの底にある教えを、じぶんで汲みとりたい、この悲しみを意義のあるものにしたいと、ひとりで考えました。

わたしはわかりました。

神さまは三吉をわたしの前に立たせ、わたしの心に人間の愛の尊さをおしえてくだすったのです。わたしはもし、三吉のような母のちがった弟を持たなかったら、人間同志のやさしい愛情とか、同情とか慈みとかを、学び得られる機会がなかったでしょう。そうしておばあさま、おじいさまに甘えて育つ、ひとりの孫娘としての、わがままな利己主義だけを身につけたかも知れません。

束の間にあらわれて、束の間に去った三吉は、わたしに貴い人の世の愛をおしえてゆきました。三吉の姿はこの世から消え去っても、わたしの心には、いつも三吉のすがたが、美しいかなしい記憶としてのこっています。

わたしは三吉が亡くなってから、おかあさまの心もわかりました。わたしは、三吉を一郎さんのように、幸福な少年にしたいと思っていました。そして正直に告白すれば、一郎さんがおかあさまの息子として愛されるのに、嫉妬をさえ感じていました。けれどもいま、三吉のことを考えると、おかあさまがまことの母を失った一郎さんを、幸福な少年にしようとなさる深い愛情がわかる気がします。

わたしはおかあさまが小さいころ、男の子に生まれればよかったとお思いになったように、わたしも又じぶんが男の子でないかわりに、三吉に少年の夢をきずかせたいとねがっていました。その夢を寄せた子は亡くなったのです。けれども、一郎という弟がありますね、わたしは今こそ、一郎さんと仲よくなれる気がします。一郎さんに三吉の命まで溶けこんで、ひとりの美しい利口な少年となり、わたしの姉弟であることをねがっております。

ああわたしは、もう一つの大事なことをお知らせしなければなりませんでした。それはわたしのお父さんで、そして三吉にもお父さんにあたる人に、大船の駅のホームでちょっとの間会いました。むこうで、わたしのカバンに書いてあった学校の名と、わたしの名を読んで、近づいてきて声をかけたのです。おとうさんも、三吉のことを心配しておられました。わたしはおかあさんが、三吉へ外套をことづけたことを話しました。「三吉はみんなにかわいがって貰って仕合せだ」とおとうさんは言ってました。そのうち汽車がきましたので、そのままおとうさんをホームにのこして別れました。なんともいえない気持でした。

そして帰ると、三吉は死んでいたのでした。おとうさんはこのことを知らずに、どこをさまようていられるのでしょう?

わたしはおとうさんに会ったことはかくさずにおじいさんおばあさんにお話しました。おじいさんはこうおっしゃいました。「もしあれがこの家をこんど訪ねてきたら、なんとか身の立つように、相談相手になってやろう」わたしも——おそらく地下にねむる小さい三吉も自分たちのおとうさんが、すこしでも仕合せな、落着いた生活にはいることを祈ります。でもすべては運命と月日が解決して、くれるでしょう。

おかあさま、こんな生意気なことを書いても笑わないでください。桂子はいろいろなことで、ずいぶんしっかりした心になりました。

もう一言、生意気なことを書くことをお許しくださるならば、おかあさまは千代田館の主婦として一郎さんのおかあさんとして、また桂子と離れてくらす優しい母として、すこやかにお暮らしください。わたしはおじいさんとおばあさんのもとで、ほんとに仕合せな日を送っています。じぶんが仕合せであるだけに、不幸だった三吉に対しては、やさしい心を長くわすれず、小さいかれの墓にときどき行って、花をささげてきます。

おかあさま、来年の夏休みにまた、この町へいらしったときは、一郎さんをつれて、三吉のお墓におまいりしてくださいね。

やっと心が落着いたので、この手紙をかきました。こんなでき事のために、帰宅してからのお礼状のおくれたことをおゆるしください。千代田館のみなさまによろしくお伝えください。

解説　感傷と教養

吉屋信子の少女小説の終わり

千野帽子

手記体で書かれた戦後の二作品

吉屋信子は一九一六年から《少女画報》に短篇シリーズ『花物語』を長期掲載した。いっぽう一九二〇年代、三〇年代には『屋根裏の二処女』や、家庭小説的なメロドラマに属する『地の果まで』『海の極みまで』『空の彼方へ』『良人の貞操』など、大人向けの小説も発表している。

本書所収の「青いノート」「少年」はいずれも、第二次世界大戦後の一九四九年に発表された。前者は東和社から刊行され（表紙画は松本かつぢ）、後者は《少女の友》に掲載された。一九五三年にポプラ社から『青いノート』が刊行され、それには「少年」が併録されている。こちらは表紙画が松本昌美、本文挿画が花房英樹。本書の底本はこのポプラ社版だ。

「青いノート」「少年」ともに、いずれも手記体で書かれており、また戦後文学らしく、敗戦後の激変した世相を取りこんでいる。「青いノート」では級友とその父、「少年」では異母弟とその父（主人公にとっても父だ）と、主人公の少女にとって重要な人物が共通して〈引揚邦人〉となっている。

「少年」の主人公は、シングルマザーである文子に育てられた娘・桂子。戦後、諸事情により母は東京の他家に嫁ぎ、桂子は祖父母とともに地方の城下町にとどまった。そこに、かつて母のもとを去った父が再訪してきたが、すれ違いで会えず、父は自分の姉（桂子の伯母）の家に息子・

三吉を託して東京に職探しに出る。こういう不安定な家庭環境に置かれた娘が、母や異母弟への愛情を綴ったのが小説の本体部分をなす「桂子のノート」だ。

小説は「桂子のノート」の前に、母から桂子に宛てた「母の手記」と、それを読んだ桂子の返信である「桂子の手記」が置かれ、プロローグの役を果たしている。ただし「桂子の手記」の冒頭にある「まえがき」は、同手記本体部分（母への返信）を紹介する内容であり、敬体（ですます）で書かれたふたつの「手記」のなかでは例外である常体で書かれている。この部分は投函されなかったのではないだろうか。

「桂子のノート」にも同様の「まえがき」があり、続く最初の章が敬体で書かれているけれども、そのあとの「ノートに」の章はこうなっている。

もうわたしはこのノートにかく文字をおかあさんに見せないでもいいと思う。軽々しくおかあさんに見せられない事をこれから書くのだから。まただれにもこのノートは見せられない、だからわたしは、自分で好きなように書いてゆく。このノートはわたしの秘密をおさめておく小さな筥となった。

以下、小説は結末まで常体で、つまり「いわゆる一人称小説」のトーンで、桂子の体験を記述していく。この不安定な構成は、作者吉屋信子自身の構想の迷い、ふらつきを示しているのだろうか。そのあたりはなんとも判断できない。なお、引用中で〈かく〉〈書く〉と表記が揺れているが、「青いノート」でも〈わたし〉〈私〉の揺れがある。底本全体に見られる傾向だ。

「少年」作中の時間は夏休みを挟んだ、春から秋までの期間。〈六・三・三制になったために、わたしは三年で女子中学校を終り、それからあと高等学校にうつるわけだった〉とあり、どうやら雑誌掲載の前年、一九四八年(度)のできごとのようだ。桂子が一九三三年ごろの生まれということになると、母・文子は大正時代に『花物語』を愛読した少女の世代なのかもしれない。

写真館の娘で一学年下のよっちゃんや、母の再婚相手の息子(桂子にとっては義弟)である一郎といった登場人物が印象的で、とりわけ三吉と一郎というふたりの「弟」たちの境遇の差は、読者の憐れを誘っただろう。

「青いノート」のほうにも、家庭境遇の激変があつかわれている。役人だった父が公職追放にあい、主人公一家は屋敷を豪奢な家財道具もろとも手放して、同じ区劃にある小さい家に女中を連れて移り住む。女学校に通う〈わたし〉井口百合子が、軍医として戦死した兄・直樹の遺品である「青いノート」に書きつけていく手記が、この小説の本文を構成している。

主人公は「いいとこ」のお嬢さん。かつては毎年誕生日に〈麹町の村上開新堂〉にバースデイケーキを註文するような家だったのだが、戦後の生活を乗り切るために家宝の光琳の屏風を売った、というくらいだから、かなりのものだ。戦後のこのような没落は、太宰治のベストセラー『斜陽』(一九四七)や久坂葉子の「落ちてゆく世界」(一九五〇)で記憶されている。

少女たちが戦争で失ったもの

この小説では、登場人物たちの戦争による喪失が、「少年」以上に強調されている。百合子は〈女学校には引き続き通えているとはいえ〉思い出のあるピアノや雛壇と別れざるを得なかった。また、百合子の兄・直樹に戦死された婚約者・由紀子も登場する。百合子の級友・朝妻千穂は北京での生活と、そして母を失ったうえに、東京に住んでいたその従兄・睦男が学徒応召で出征し、シベリア抑留中である。

百合子にとって気になる級友である千穂は、父とともに北京から引き揚げてきた〈無口でそして孤独の人〉だ。

もし彼女と友だちになっていたら、彼女がどこに住んでいるかも知っていたら、欠席して寂しいと便りも書けたろうに、思えばその人を好きなくせに、だまって近よらなかったなんて、わたしはあんがい気どりやだと思った。

千穂はりっぱに絃のちょうしがあっていながら、まだ弾き出さないヴァイオリンのような気がした。でもいちどその絃にふれると、なつかしい優しいすぐれた音色をごく断片的にひびかせる名楽器のような感じだった。

だから私も、むやみとその名楽器をギイギイ鳴らせることは、つつしまねばならなかった。

こういったところは、女学生どうしの友愛を繰り返し書いてきた吉屋作品らしい。また『からたちの花』などに明らかな吉屋の臨床心理学的とも言える洞察は、「青いノート」においても以下のような読みどころを作っている。

あるていど人間は、自信をもつことには、敢然と自信を持たなければならない。

わたしの贈り物を受ける千穂にはなんにも、いやしさや、さもしさがなくて、ほんとうに心から素直にそれを受けてくれるのだった。

「青いノート」の作中時間は、敗戦から間もないある年の、年明けから桜の季節までだ。作中で、百合子が千穂の北京時代の不自由ない暮らしぶりの写真を見て、〈すくなくとも二、三年まえの写真であろう〉と述懐することから、ひょっとすると作中の時間は敗戦の翌々年、一九四七年くらいだろうか。ＧＨＱが政治団体の指導者らを公職から除去する方針を公式に打ち出したのは、一九四六年一月四日のことだった。

探偵趣味と少女の志

『わすれなぐさ』同様に——そして川端康成の『乙女の港』（実質的には中里恒子が書いたものとされる）同様に——この友愛に第三の少女がかかわってくる。井口邸を買い取った〈終戦成金〉片岡氏の娘・喜美子がそれだ。

しかし『わすれなぐさ』の〈軟派の女王〉相庭陽子や『乙女の港』の貿易商の娘で華やかな克子といった都会的なキャラクターと違い、喜美子は垢抜けない山出しの素朴な娘として描かれている。ちなみに井口家の忠義ものの女中の名も〈きみ〉だ。この音の響きは作者にとってあまりエレガントではない位置づけだったのか。

学校から盗まれたミシンと、百合子が意外なところで出会ってしまう展開や、千穂が喜美子の父・片岡鉱造氏の意外な過去を知っているあたりは、多少の探偵小説味を帯びている。「青いノート」が発表された一九四九年はまた、『青銅の魔人』で江戸川乱歩の少年探偵団ものが九年ぶりに再開した年でもある。敗戦と占領という条件下の児童文学だけに、「青いノート」にも少年探偵団ものと同じ匂いがした。

私たち後世の読者には、第二次世界大戦の終結によって、日本の文化が大きく変わったという思いこみがどうしてもある。だから、〈大学が男女共学の門戸をひらいた〉ことを受けて百合子が兄の志をついで医学を志そうとするところや、〈先生をかく批評する自由も民主主義のせいであろうか〉といったユーモラスな部分に、石坂洋次郎の『青い山脈』（一九四七）のような作品との同時性を見て取ってしまう。

けれど、たとえば「少年」の一節はどうだろうか。

ああそうだ、男の子には学問だの研究だの、いろいろの未来への希望がある。女の子は？　なにがあるだろう、女の子にだって、たしかに研究も学問も男の子とおなじようにあるわけだ。けれども親の考えがちがうのだ。

母親というものは、彼女が息子に望むような夢を、娘にはかけないものだと知った。

戦後の男女共学化以降も、社会や親世代の女子への期待は、男子への期待と違ったままなのだ。こういった不公平を取り上げる姿勢は、吉屋の戦前の感傷的な（と批判されることがあるが、これが吉屋作品においては短所であると私はとらえない）少女小説においてもちゃんと存在した。戦後の「少年」「青いノート」においてはかつての詠嘆調の美文が減って、ストレートな問題提起に近づいてはいるが。

日本人の情緒を変えなかった敗戦

そもそも家の没落という題材だって、戦前の吉屋作品、たとえば『わすれなぐさ』や『桜貝』（長いこと復刊されていないが、これは私にとってはきわめて重要な作品だ）といった作品で、すでに取り上げられている。敗戦後の「少年」「青いノート」は、引揚者や戦災孤児などの風俗を盛りこんではいても、その義憤や叙情や感傷の質は、戦前の彼女の少女小説と似通っている。

当然のことだ。吉屋個人の話ではなく、また戦争を挟んで活躍した小説家一般にかぎった話でもなく、日本の社会全体の話だけれど（主語が大きくて申しわけない）、敗戦はイデオロギーという看板の掛け替えはおこなったとはいえ、その看板とどういうふうにつきあっていくかというやりかたを日本人全員について変えたわけではない。要職にあった者を公職から追放できても、総力戦体制ふうの精神風土を変えることはできなかった。

敗戦後、軍事行動から経済行動へと戦場が移ってなお、総力戦のテンションは変わらなかった。戦後には銃後がなくなり、すべてが戦場になった。

だからこそ敗戦を経ても日本人は、新たな総力戦に最適化した勤勉さと、「戦場」で戦う同胞にたいする同じ感傷とを持ちつづけ、驚異的な経済成長をなしとげたし、多くの文学者が、戦争協力的な言説から戦死者を悼み民主主義を掲げる言説へと短期間に路線変更できたのだ。

もっと言うと、少年探偵団シリーズがすぐに再開できたのも、日本人の情緒のテイストが敗戦で大きな変化を被らなかったからだ（敵味方がはっきりしている少年小説の世界では、アジアに雄飛しようと戦災孤児としてサヴァイヴしようと、少年の冒険であることに変わりはない）。戦後四半世紀以上にわたって、つまり吉屋信子の死にいたるまで、戦前の吉屋作品の新たな版が定期的に刊行されたのも、同じ理由によるものだ。

この認識から戦時下を振り返れば、戦意高揚的な感情がイデオロギーの問題である以上に（あるいはそれ以前にまず）感傷・情緒の問題だったのだというふうに見えてくる。

イデオロギーより情緒の問題だと考えたならば、戦後に民主主義や平和を感傷的に叫んだ文学者が、そのほんの数年前に戦意発揚、大東亜共栄圏支持を叫んでいたという事実も、まったく驚くに値しない。当然、無視できない事実だと思うし、だからこそ、それをことさらに指弾することについては個人的にはあまり乗り気になれない。

それほどの「正しさ」をみずから標榜することは冷静に考えたらできることではない。近衛文麿の新体制やＧＨＱの民主化の号令に乗った作家たちをイデオロギー的に糾弾すること自体、糾弾の対象となった作家たちと同じ感傷・情緒に流されることになってしまうのではないか。

吉屋信子の少女小説の終わり

それはそれとして、乱歩が戦後に大人向け作品をほとんど書かず、晩年まで少年探偵団ものをコンスタントに書き続けていくことと対照的に、吉屋作品の重心は本書収録作からあとは大人向け小説へと移行し、少女向け作品はあまり書かなくなったようだ。

敗戦で日本人の情緒が変わらなかったのなら、では本書収録作以降、なぜ吉屋の創作の重心が少女小説から離れていったのか。

日本人の情緒を変えたのが、敗戦ではなく高度成長だったからではないだろうか。

吉屋が戦前に発表した少女小説が、戦後にもそれなりに復刊・新版として流通するなかで、敗戦という歴史的な一回性のできごとを背景とした「青いノート」「少年」のほうは、経済白書が〈もはや戦後ではない〉と述べた一九五六年以後、おそらくはその時事性ゆえに、版を重ねなかった。戦前の吉屋作品のほうが逆に、作中の擬似的な無時間性のゆえに、純粋に審美的に、また懐古趣味で読むことが可能なぶん、戦後の読者にはまだ受け入れやすかったのだろう。

吉屋が少女小説を書かなくなった理由を詮索してもはじまらない。ただ、戦後もだんだん年数を経て社会が経済的な豊かさを享受できるようになると、「かわいそうなこと」を感傷的に、つまりは娯楽として消費することが、文学では少しずつできなくなってきたということは事実だ。「かわいそう」な少年少女に同情しつつこれに一掬の紅涙を注ぐのは、たしかに、心優しい行為である。しかしいかに優しい気持ちに根ざしていたとしても、社会が動乱期から安定した時期に入って以降の時間が長くなり、読者の生活が安定してくるにつれ、その鑑賞は同時に「ゲス」な――という表現が強ければ「興味本位」な――娯楽という意味を帯びてくる。私自身、吉屋作品を楽しむときに、自分のなかに心優しさと「かわいそうなもの見たさ」の両方を見出す（私が成人で、さらに男性であるために、ますますそうなのだが）。感傷的消費において「優しい気持ち」と「興味本位」とはまったく矛盾なく両立する。

そして敗戦が変えなかった日本人の情緒を、〈もはや戦後ではない〉以降の社会は、時間をかけて変えていった。日本人はいつしか、「かわいそう」を消費することに後ろめたさを感じるようになったのだ。

「かわいそう」の感傷的な消費は、現在では耳目を集めるネット記事やTVのドキュメンタリー番組のものとなっていて、文学でこれをやろうとするのは多少ハードルが高い（二一世紀初頭には「純愛ブーム」や「ケータイ小説」で難病が取り上げられたこともあるけれど）。

それとも、吉屋はたんに、男女共学や男女交際を描くことに興味がなかったのかもしれない。『青い山脈』以降、石坂洋次郎は男女交際を題材に小説を量産し、さらに一九六〇年代には三木澄子、吉田とし、佐伯千秋、富島健夫らの「ジュニア小説」が隆盛することになる。「青いノート」の主人公が大学の共学化をひとつの希望とするのは、吉屋信子の少女小説の終わりを感じさせる一節でもあるのだ。

亡き兄の教養主義を召喚する百合子

「青いノート」の結末部分は、「希望」というキーワードを掲げようとしているのが、どこかぎこちなく見える。吉屋の作家としての身体は、戦前の『わすれなぐさ』や『桜貝』『七本椿』などと同様に、感傷のなかで詠嘆的に物語の幕を下ろしたかったことだろう。けれど、民主化のかけ声のもとではさすがにそれが「めそめそ」して見えてしまうだろうということに、吉屋も、そして編集者も、当然気づいていたのではないか。

吉屋がそこで召喚したのが、ゲーテの詩という「教養主義」的なアイテムだった。

小説の最後で百合子が兄の遺品のゲーテから引く詩は、一八二六年作の無題の詩である。人文書院版『ゲーテ全集』第一巻の高安国世らの訳註によると、ゲーテは最初の四行をよく削って人に送ったという。そのためか、人文書院版全集にも第一聯は収録されていない。百合子が読んだのは、詩人生田春月（一八九二―一九三〇）による訳と考えられる。

医学生だった兄・直樹は、反ファシズム発言がもとで東大を休職処分中だった経済学者・河合栄治郎（一八九一―一九四四）の『学生に与う』（一九四〇）を読んだ世代だ。

これはあくまで推測だけれど、吉屋の頭には吉野源三郎（一八九九―一九八一）の少年小説『君たちはどう生きるか』（一九三七）があったかもしれない。同書は戦争を控えた時代にあって、「青いノート」の直樹が生きた志高い教養主義、人道主義への、まさに希望に満ちた手引書であった。と同時に、もし吉屋がそれを読んでいたとしたら、そういった美しい世界が少年（のなかでも、「少年」の一郎のような恵まれた層）にのみ開かれ、少女たちにも、また高い教育の恩恵を受けない三吉のような少年にも閉ざされていたことを、否応なく再確認させられただろう。そういう残酷さをもった書物でもある。

河合栄治郎・生田春月・吉屋信子・吉野源三郎はいずれも一八九〇年代生まれ、最年長の河合と最年少の吉野には八年の差があるが、四人とも若くして大正教養主義の時代を経験した、といってしまうのは、必ずしも大雑把だとは思わない。

教養主義は一九一〇年代の《青鞜》、二〇年代の《女人芸術》、三〇年代の女流文学者会を蚊帳の外に置いた形で動いた。教養主義にはこの男性優位の条件に加えて、多分に審美的な側面があった。いや、いっそ感傷的なムーヴメントだったといってもいいだろう。それはだから、ファシズムにたいして無力だったとされることもある。

それでも吉屋は、そして主人公である百合子は、「青いノート」の末尾で、「希望」というキーワードを掲げようとするときに、主人公の、高邁な理想に生きることを許されなかった亡き兄の志を召喚せざるをえなかった。

そうした高邁な理想が女子を眼中に置かなかったとしても、また戦争を止めることができなかったとしてもなお、吉屋にとって、また百合子にとって、その理想が美しいものだったことに変わりはないのだ。

吉屋がゲーテを持ち出したことの「世代的な限界」などといったようなものを指摘するのは、あまりにたやすい。けれど、したり顔でそれを指摘するとしたら、それこそがおのれの情緒性に無自覚な、それ自体が情緒的な行為になってしまうだろう。

人の行き過ぎや過ちをイデオロギーの正否の問題と読んで断罪するのではなく、自分も同じことをする可能性を持つものと自覚してそこに同情することのほうに、どうしても気持ちが行ってしまう、と書けば、なんだか相田みつをみたいになってしまうけれど。

「青いノート」の最後で、喜美子の父・片岡氏の悪を、百合子は悲しみこそせよ、断罪しない。ゲーテの日本語訳に象徴される教養主義的な理想に可能性があるとしたら、低さではなく高みを見ようとするこの姿勢だろう。吉屋信子は「青いノート」の結末で、百合子がその理想を生きていることを、若い読者に見せようとしたのだ。

千野帽子（文筆業）

＊本書は、『青いノート』（ポプラ社・1953年刊）を底本としました。
＊今日の人権意識に照らして不適切と思われる語句や表現については、
時代的背景と作品の価値をかんがみ、そのままとしました。

青いノート・少年　吉屋信子少女小説集 2
2016年3月10日初版第一刷発行

著者：吉屋信子
発行者：山田健一
発行所：株式会社文遊社
東京都文京区本郷 4-9-1-402　〒113-0033
TEL: 03-3815-7740　FAX: 03-3815-8716
郵便振替：00170-6-173020
装画：松本かつぢ
装幀：黒洲零
印刷：シナノ印刷

乱丁本、落丁本は、お取り替えいたします。
定価は、カバーに表示してあります。

　ISBN 978-4-89257-132-9